宋词的故事

远林 新宇 —— 著

长江出版传媒 长江文艺出版社

图书在版编目（CIP）数据

宋词的故事 / 远林，新宇著. -- 武汉：长江文艺出版社，2023.10
（百读不厌的经典故事）
ISBN 978-7-5702-3183-6

Ⅰ. ①宋… Ⅱ. ①远… ②新… Ⅲ. ①宋词—青少年读物 Ⅳ. ①I222.844

中国国家版本馆CIP数据核字(2023)第115126号

宋词的故事
SONGCI DE GUSHI

责任编辑：张远林	责任校对：毛季慧
装帧设计：周　佳	责任印制：邱　莉　杨　帆

出版：长江出版传媒　长江文艺出版社
地址：武汉市雄楚大街268号　　　邮编：430070
发行：长江文艺出版社
http://www.cjlap.com
印刷：武汉市首壹印务有限公司

开本：720毫米×1010毫米　1/16　　印张：11.5　　插页：4页
版次：2023年10月第1版　　2023年10月第1次印刷
字数：143千字

定价：37.00元

版权所有，盗版必究（举报电话：027—87679308　87679310）
（图书出现印装问题，本社负责调换）

江上渔者

[宋] 范仲淹

江上往来人,但爱鲈鱼美。
君看一叶舟,出没风波里。

元 日

[宋] 王安石

爆竹声中一岁除,春风送暖入屠苏。
千门万户曈曈日,总把新桃换旧符。

夏日绝句

[宋] 李清照

生当作人杰,死亦为鬼雄。
至今思项羽,不肯过江东。

示 儿

[宋] 陆游

死去元知万事空,但悲不见九州同。
王师北定中原日,家祭无忘告乃翁。

四时田园杂兴

〔宋〕 范成大

梅子金黄杏子肥,麦花雪白菜花稀。
日长篱落无人过,惟有蜻蜓蛱蝶飞。

乡村四月

［宋］翁卷

绿遍山原白满川,子规声里雨如烟。
乡村四月闲人少,才了蚕桑又插田。

目录 | contents

李煜：帝王词人 · 1

柳永：大宋市井里的流行歌手 · 13

范仲淹：铁肩担道义，妙手著文章 · 23

宋祁与张先："春意闹"尚书与"花弄影"郎中 · 31

晏殊和晏几道：神童宰相和落魄公子 · 39

欧阳修：世俗的圣贤 · 47

王安石：无所畏惧的改革家 · 57

苏轼：宋代文坛上最闪亮的星 · 67

黄庭坚：可以和苏轼比肩的北宋大文人 · 85

秦观：山抹微云秦学士 · 93

李清照：千古第一才女·103

陈与义和张元幹：历史巨变中个人的选择·113

陆游：亘古男儿一放翁·121

范成大：田园诗在他手中变得不一样了·131

杨万里：他自创了"诚斋体"·139

朱熹：旷代大儒·147

辛弃疾：词坛飞将军·155

翁卷与叶绍翁：江湖布衣诗人·167

文天祥：留取丹心照汗青·175

李煜：
帝王词人

李 煜（937—978）

姓　名： 李　煜（李从嘉）

字　号： 字重光，号钟山隐士、白莲居士

别　称： 李后主、南唐后主、词帝

代表作： 《虞美人》（春花秋月何时了）、《相见欢》（林花谢了春红）

荣　誉： 与李清照并称"词中二李"

画　像： 治国之才不足，写词之才有余，从天上跌落到人间的悲剧词帝

不想当皇帝，却偏偏当了皇帝

唐五代词①，一个以西蜀的"花间词派"为中心，一个以南唐李后主为代表。"花间词"以温庭筠创作成就最高，但过于香艳了。还是李煜的词好，尤其是成为阶下囚之后所写的词，用王国维先生的话说，以血泪写之，读起来分外感人。比如"问君能有几多愁，恰似一江春水向东流""落花流水春去也，天上人间"几乎是妇孺皆知。

连李煜自己也没有想到，他这个南唐后主，不是一个好君主，却是一个好词人，而他在历史上留名，也更多是因为他的词。

生在帝王之家，他自己本来也不想当皇帝，皇冠却偏偏要落到他头上。

李煜的祖父是南唐的开国君主李昪，父亲是元宗（中主）李璟。李煜生于公元937年，是李璟的第六子。他生就一副帝王之相：阔额、丰颊、骈齿，还有最特异的"一目重瞳"。中国历史上，重瞳者有仓颉、虞舜、重耳、项羽等。重瞳，即一个眼睛里有两个瞳孔。古人认为这是天生异相，有重瞳的人不是圣人就是天生的帝王。也正是因为这样，他那个极想当皇帝的哥哥李弘冀特别忌妒他。

李煜从少年时起，好读书，擅长写诗词，又是画家，还懂得音乐。他在青少年时代，就充分发挥自己的天赋，在文学世界里自由驰骋。他这样做，一方面是出自真心喜爱，一方面恐怕是为求自保。在他23岁

---

① 此书书名为《宋词的故事》，是因约定俗成唐诗与宋词并称。事实上，书中既有唐五代词人李煜，也有宋代的诗人如朱熹、范成大等，且后者以诗著称而非词。所选之人，以小学课本中入选的诗人为主要对象。

时，那个极有可能争夺皇位的叔叔李景遂暴死，据说是李弘冀所为。这更让偏艺术家气质的李煜感到恐惧。

他不想参与这场角逐，将自己置身事外，隐藏在自己的小天地里，继续写词、礼佛、绘画。他内心，是想摆脱血雨腥风的争斗，做一个自由的隐者，他将自己的心声写在了这两首词中。

浪花有意千里雪，桃花无言一队春。一壶酒，一竿身，快活如侬有几人。

一棹春风一叶舟，一纶茧缕一轻钩。花满渚，酒盈瓯，万顷波中得自由。

对他来说，美好的生活是：携"一棹春风"，来到一个开满鲜花的洲渚之上，摆好鱼钩，给自己斟上满满一瓯酒，边喝着酒边从容地等着鱼儿上钩。

简单的工具，从容的态度，诗意的眼光，这不是人世间最得"自由"至味的人吗？

只是几个月后，太子弘冀居然死了。其他的几个哥哥也早年夭折，皇位就这样砸向六皇子李煜，他被立为吴王。臣子钟谟曾直言进谏："从嘉德轻志懦，又酷信释氏，非人主才。"

他说得对，可南唐此时也别无选择。961 年，李煜嗣位金陵，即南唐后主。

面对着这个命中注定的皇位，李煜没有作好准备。他在《浣溪沙》中曾写道："转烛飘蓬一梦归，欲寻陈迹怅人非。天教心愿与身违。""天教心愿与身违"，多多少少带点无奈。一个不想当皇帝的人，却偏偏阴差阳错地成了皇帝，历史也真是奇怪。

这个皇帝,究竟做得怎么样呢?我们不禁心生好奇。

还是尽情享乐吧

南唐在中主李璟统治时,由于与后周作战失败,割让了江北的领土。到李煜即位时,北宋又虎视眈眈。但软懦的李煜并不想与之抗争,他忙不迭地去除唐号,改称"江南国主",又按时进贡。他沉溺在享乐中,以此来逃避强敌压境的现状。从他早期的词中,可以看出他过着什么样的生活。

红日已高三丈透,金炉次第添香兽。红锦地衣随步皱。
佳人舞点金钗溜,酒恶时拈花蕊嗅。别殿遥闻箫鼓奏。

"红日已高三丈透",一个勤政的帝王,或许早已批了一堆的折子、听了一干臣子的奏议,揉揉发酸的眼睛,准备结束早朝了。他则忙着继续昨夜的狂欢宴游。他吩咐宫女们将兽炭次第添进金炉,他要继续昨夜的宴游。宫人鱼贯而入,红锦铺就的地衣也随之踏皱了。不动声色的几句描写,包藏着一个帝王的任性与奢华。

佳人舞啊舞,头上的金钗都溜下来了。臣子们喝啊喝,喝得太多了就拈起花蕊嗅,不只是这里,别殿也传来了阵阵箫鼓之声。整个宫廷都沉浸在享乐里。

再看这首《玉楼春》:

晚妆初了明肌雪,春殿嫔娥鱼贯列,笙箫吹断水云间,重按霓裳歌遍彻。

　　临风谁更飘香屑，醉拍阑干情味切，归时休放烛花红，待踏马蹄清夜月。

有人从"归时休放烛花红"推测，南唐宫中到了夜晚，不点灯，而是用夜明珠来照明。此词中提到的"霓裳"，即唐代广泛流行的《霓裳羽衣曲》。公元963年，李后主的皇后周氏根据得到的残乐谱，重新编出了《霓裳羽衣曲》在宫中演奏。当时的中书舍人徐铉听了此乐曲后说："这种法曲原来应很慢，为何新编之后这样急呢？"乐工曹生说："按本子是应慢，可宫内有人改成这样，这不是吉祥的兆头啊！"果然在一年多以后，周后即因病去世。

李煜为大周后写了数千言的诔文，历史上帝王为后妃写诔文的很少见，他在诔词的落款上，写上了三个字：鳏夫煜。

其实，他并没有成为鳏夫，他又有了娥皇的妹妹小周后。碍于礼制，直到三年后，才正式迎娶她，仪式极为盛大，据说为了看热闹，还发生了踩踏事件。

小周后精心炮制的"帐中香""天水碧"，是为了博君王一顾，其私心私情何异于周幽王倾尽心力只为博美人一笑。李后主在宫中建红罗亭，亭四面满栽红梅，供他与小周后嬉游。据说，亭子建成之时，他命大臣前来，让他们写词庆贺。内史舍人潘佑，写了一首词，其中一句是："桃李不须夸烂漫，已输了春风一半。"意思是：桃李花啊，不要再夸耀你们的鲜艳美丽吧，须知已被春风刮得凋谢了一半。有人推测，潘佑是借这首词讽谏后主，南唐割让了淮河以南长江以北的大片土地，几乎占南唐整个领土的一半了，这不正是"已输了春风一半"吗？

国破了，家亡了

宋太祖日夜谋划要灭掉南唐，他说"卧榻之侧，岂容他人酣睡"。可作为南唐君王的李煜太软弱了，除了求和，他并不想有所改变。还逼得一直劝谏他的臣子李平和潘佑愤而自杀。

宋太祖一直在等待发兵南唐的时机。这时，时机来了。南唐人樊若水因多次科考不中，心生怨恨，打算投奔北宋。他在长江险要之处采石山一带勘察，还绘制了一幅详细的地图，潜入北宋后，他将地图献给了宋太祖。有了这幅地图，宋太祖决定发兵攻打南唐。

公元974年，北宋军队大举进攻南唐，按樊若水绘制的长江图及测定的宽度，在采石矶江面最狭处架起了浮桥，大军渡过长江包围了金陵城。

有个叫小长老的僧人，是北宋人，他知道李煜崇佛，便从北方来到南唐，并骗取了李煜的信任，准他出入宫廷。他借此打听到南唐许多情报，密送给北宋。当北宋大军围城时，后主还求助于小长老的无边法力，希望借助他的法术击退宋兵，还命全城军民念颂佛经。他自己还写了一首表文，求菩萨保佑退兵，并许诺事成之后将用厚金供养佛寺。结果怎样，可想而知。

开宝八年（975年）十二月，金陵失守。李煜奉表肉袒出降，南唐灭亡。肉袒，即去衣露体，以表惶恐之意。时李煜白衣纱帽、袒露一臂，手捧黄缎包裹着的传国玉玺，步出南宫门，正式投降。

李煜曾说过决不投降，说过"孤当亲督士卒，背城一战，以存社稷，如其不获，聚宝自焚，终不作他国之鬼"。可是，他没有这样做。

宋使曹彬说，赵皇帝在汴水旁修好五百间广厦等着他。临行前，给了李煜一天的时间辞庙。当他蜷缩在汴京的一角，回忆起这一段场景，写下了这首《破阵子》：

四十年来家国，三千里地山河。凤阁龙楼连霄汉，玉树琼枝作烟萝，几曾识干戈？

一旦归为臣虏，沈腰潘鬓消磨。最是仓皇辞庙日，教坊犹奏别离歌，垂泪对宫娥。

宋家的铁蹄踏平了他的江山，闯入了这个曾让他无比自豪的"四十年来家国，三千里地山河"，践踏着他引以为傲的"凤阁龙楼连霄汉，玉树琼枝作烟萝"。南唐的土地上，充斥着干戈。

而他也从万乘至尊的国主到卑微如蝼蚁的臣虏，从天上跌落到人间，他已是"沈腰潘鬓消磨"。如沈约衣带渐宽，如潘岳早生华发。可他只能告别列祖列宗的魂灵，告别江山社稷，告别臣民百姓，告别他无比眷恋的一切，还"垂泪对宫娥"。

苏东坡对李煜词中所写的最后一句很不屑，他认为此际"举国与人，故当恸哭于九庙之外，谢其民而后行"，而李煜却顾着"挥泪宫娥，听教坊离曲哉"！简直是全无心肝。

明人尤侗说，安史之乱之时，"明皇将迁幸，当是时，渔阳鼙鼓惊破《霓裳》，天子下殿走矣，犹恋恋于梨园一曲"，何异于李煜之挥泪对宫娥？

蒋勋先生说，垂泪对宫娥，就是李煜的真性情。"他觉得要走了，最难过的就是要与这些一同长大的女孩子们告别。所谓的忠，所谓的孝，对他来讲非常空洞，他没有感觉。这里颠覆了传统的文以载道，绝对是真性情。"

《破阵子》原为唐教坊乐曲,即唐太宗所制的《秦王破阵乐》,为唐代开国时大型武舞曲,舞时参加者达两千人,非常壮观。后来作为词牌的《破阵子》,是字数不多的小令,估计只是截取当时舞曲的一小段而成。《破阵子》词内容大多慷慨激昂,李煜这首词属于例外。

丢了家国,却成了词帝

宋太祖开宝八年(975年),北宋大将曹彬率军攻入金陵,李煜被迫投降。从此李煜由一国之主变成了性命朝不保夕、被软禁在府中的犯人,他被封为带侮辱性的"违命侯"。他整日以泪洗面,在这种情形下,写了很多追忆往事的词,词中充满了悔恨、幻灭、惆怅,简直是用血和泪写成的,写得特别真诚。与前期词中的欢快或艳丽相比,这时的词已经有了很大的变化。

难道真的是"国家不幸诗家幸"?这些被俘之后所写的词,很多成了名篇,而他因此成了一代词帝。

李煜投降后,太祖常借机羞辱他。有一次问他,听说你喜欢写诗,举一联你得意的句子怎么样啊?李煜沉吟了好久,念了一句:"揽水月在手,动摇风满怀。"宋太祖说,满怀的风,又有多少?这就是一个帝王与一个文人的区别。

他除了写词,也不能做些什么了。也正是在这段时间里,他写下了很多流传后世的好词,看看这两首《相见欢》:

林花谢了春红,太匆匆,无奈朝来寒雨晚来风。

胭脂泪，相留醉，几时重？自是人生长恨水长东。

　　无言独上西楼，月如钩，寂寞梧桐深院锁清秋。
　　剪不断，理还乱，是离愁。别是一般滋味在心头。

　　两首词，一个写的春景，一个写的秋色。他伤春又悲秋，恨如东流之水绵绵不绝，写得真是形象极了。而愁又被有形化了，剪也剪不断，理也理不清，个中滋味，一言难尽啊。这个阶下囚的生活，实在是悲苦。
　　他只能靠回忆往事来打发时光，或是借酒消愁，在醉中暂时忘了自己"身是客"。

　　往事只堪哀，对景难排。秋风庭院藓侵阶。一桁珠帘闲不卷，终日谁来。
　　金剑已沉埋，壮气蒿莱。晚凉天净月华开。想得玉楼瑶殿影，空照秦淮。

　　帘外雨潺潺，春意阑珊，罗衾不耐五更寒。梦里不知身是客，一晌贪欢。
　　独自莫凭栏，无限江山，别时容易见时难。流水落花春去也，天上人间！

　　词中的"金剑"，代表当年曾掌握在李煜手中的南唐政权。"壮气"指当年做皇帝时的气概。"壮气蒿莱"句则可解释为金陵的帝王之气已告终了。
　　他这种不加节制的悔恨与对故国的怀念，倒是很符合他的赤子本性，却让宋太宗对他很不放心。李煜的存在，对他来说像一根刺。

太平兴国三年（978年）的某一天，宋太宗问李煜的旧臣徐铉："你见过李煜没有？"

徐铉很紧张地回答："臣下怎么敢私自去见他？"

宋太宗说："你这就去看看他，就说是朕叫你去见他的。"

于是徐铉来到李煜的住处。在门前下马，见一老卒守在门口，徐铉对老卒说："我要见李煜。"

老卒说："圣上有旨，李煜不能与外人接触。你怎么能见他？"

徐铉说："我今天是奉圣上旨意来见他的。"于是老卒进去通报，徐铉在庭院内等候。过了一会儿，李煜戴着纱帽，穿着道服出来。徐铉一见李煜，欲行人臣之大礼。李煜说愧不敢当，也受用不起这个大礼，反倒是上前来，抱着徐铉大哭起来。

坐下后，两人沉默不语。李煜忽然长叹一声，说道："真后悔当日杀了忠臣潘佑、李平。"

徐铉离开后，宋太宗宣召徐铉，询问李煜说了什么话。徐铉不敢隐瞒，只好照实回复。

公元978年七夕，李煜四十二岁生日。一大清早，陇西郡公庭院里，垒起一座拜星台。江南习俗，拜星台祭拜牛郎织女星，台上陈列瓜果、糕点、各类供品，以备中夜乞巧。台上饰以红罗、白绫、皂绸，以拟天河鹊桥之属。昔日在南唐，李煜和小周后都钟情这个特别的节日，今日虽然草草，比起往日的岑寂来，倒也多了几分节日的气氛。奏乐之声，远传院外，真是不加节制啊。

遥望天际的那轮孤月，李煜写下了这首千古绝唱，也是他生命中真正的绝唱《虞美人》：

春花秋月何时了，往事知多少。小楼昨夜又东风，故国不堪回首月明中。

　　雕栏玉砌应犹在，只是朱颜改。问君能有几多愁，恰似一江春水向东流。

词中的"小楼昨夜又东风"及"一江春水向东流"等句子更让宋太宗实在难以容忍。于是借弟弟秦王赵廷美之手，赐给李煜一包毒药——牵机药。七月八日，李煜被毒死。

《虞美人》原为唐教坊曲，据说起源于项羽在被刘邦围困时所作的"虞兮"之歌，被后世用作词牌。词中他一次次写了永恒与无常的对比。"春花秋月"的自然永恒与"往事知多少"的人世无常是对比；"小楼东风"不会变，而"故国不堪"，恍如一梦，又是对比；"雕栏玉砌"永在，但"朱颜"不会长留，总会衰老，也是对比。

李煜死后，宋太宗赵光义以隆重的厚礼葬他于洛阳北邙山。

北邙山，自古风水极佳，东周、东汉、西晋、北魏的帝陵大多在此，周围也埋葬了许多王公权贵。"北邙山上无闲土，尽是洛阳人旧墓"，说的正是此种情形。

城外的北邙山上，古老的松柏在夜风中如泣如诉，说着那些人世的悲欢离合，起落沉浮。

柳永：
大宋市井里的流行歌手

柳　永（987？—1053？）

姓　名： 柳永（原名柳三变）

字　号： 字景庄、耆卿

别　称： 柳七（以排行称）、柳屯田（以官职称）

代表作： 《望海潮》（东南形胜）、《雨霖铃》（寒蝉凄切）、《八声甘州》（对潇潇暮雨洒江天）

荣　誉： 第一个大量创作慢词（与小令相对的长调）的词人

画　像： 在风尘和功名中徘徊的流浪歌手

神曲《望海潮》

柳永是北宋真正的流行歌手。他的词写得委婉通俗，音律也很美，很适合配乐演唱，因而大受歌女欢迎，当时流行着"凡有井水饮处，即能歌柳词"的说法。

柳永的词在内容上不局限于士大夫阶层的风雅，他了解普通市民的口味，也能放下架子为他们写些所谓的"俗词"，更重要的是，他本人精通音律，能自创新调。他自创了一些慢词和长调，而在这之前，绝大多数的宋词都是小令，唱起来没有余味，长调则能一唱三叹，便于流传。

柳永，又称柳七，因他在同祖兄弟中排行第七。他的原名叫柳三变，出自《论语》中的"君子有三变，望之俨然，即之也温，听其言也厉"。意思是真君子当如此：远望他，觉得庄重严肃，接近他又觉得温和可亲，更进一步与他交谈，又觉得他严厉不苟。从这个名字中可见家人对他的期待。所以，他也想走大多数人所走的科举仕进之路。

经过层层选拔，十八岁的柳永，取得了进京考进士的资格。他没有直奔开封，而是沿途走走停停，开始了一段漫游浪荡的生活。他到的第一站，便是自古繁华的江南胜地——杭州。

杭州是江南自古繁华之地，且他的故交孙何当时镇守杭州。柳永很想找这个故交帮他引荐一下，却连孙何的门也进不了。无可奈何之际，他只能依靠自己的写词本领了。他写了一首歌颂杭州风光和吏治的《望海潮》，找到当时著名的歌伎楚楚，让她找机会在孙何举行的宴席上演唱。在孙何举行的一次中秋夜宴上，楚楚演唱了这首词，果然引起了孙何的关注，当他得知这首词是旧交柳永所写时，立即邀请柳永来赴宴。

这首《望海潮》如下:

东南形胜,三吴都会,钱塘自古繁华。烟柳画桥,风帘翠幕,参差十万人家。云树绕堤沙。怒涛卷霜雪,天堑无涯。市列珠玑,户盈罗绮,竞豪奢。

重湖叠巘清嘉。有三秋桂子,十里荷花。羌管弄晴,菱歌泛夜,嬉嬉钓叟莲娃。千骑拥高牙。乘醉听箫鼓,吟赏烟霞。异日图将好景,归去凤池夸。

这个词牌,是柳永首创的,它是根据钱塘作为观潮胜地而来的。

钱塘,即今之杭州市。有道是"上有天堂,下有苏杭","自古繁华"的杭州向来是个好地方,柳永所在的北宋自然也不例外。这又是一首投献词,他在祝愿对方"异日图将好景,归去凤池夸"之前,先行将对方治下的杭州城尽情地"图画"了一番。他写了杭州的都市繁华、风景如画、生活各美,一层层铺陈下来,真是流光溢彩。他似乎要对那位大员说:"其实也不必劳您什么驾去画什么画了,只带上我柳三变这首词就行了。"而柳永也确实自负得可以,你看他三笔两笔,就把整个杭州描画得美不胜收了。

但这首词,并没有让孙何因此而帮他在仕途上得到好处。

北宋时的大官范镇,与柳永同年,他很喜爱柳永的才华,可听说柳永专心致志地写词时,便叹息说,怎么把心思用在这上头。范镇退休之后,听见亲朋故旧之间盛行唱柳词,不少是描述宋仁宗统治期间的繁盛和风土人情,很有感触而又叹息说:"仁宗皇帝统治四十二年太平,我在翰林院任职十余年,写不出一句歌词赞颂,只有柳永做到了。"

《望海潮》词写出后,流传极为广泛。在一百三十多年后的南宋,金国君主完颜亮听见乐工唱此词，对词中描述的杭州景色"三秋桂子，十里荷花"非常羡慕，竟然起了投鞭渡江、攻打南宋之志。此说未必是真，但此词的流传之广、给人的感发之深，则是可以肯定的——虽然当时的孙大人并没有给柳永什么下文。

在南宋高宗绍兴三十一年（1161年），完颜亮的确下令向南宋大举进攻，由御前都统骠骑卫大将军韩夷耶率领三万多军队，先进军两淮。他本以为不费吹灰之力就可以占领临安灭亡南宋，却在长江边的采石矶被宋将虞允文打得大败。接着金国发生内讧，完颜亮被部下刺杀，于是全军狼狈退却，他到死都未能见到西湖的十里荷花。南宋诗人谢驿（字处厚），为此写了一首感慨的七绝《纪事》：

> 谁把杭州曲子讴，荷花十里桂三秋。
> 哪知卉木无情物，牵动长江万里愁。

柳永的一首词竟引发了金主南犯之意，也许是不合史实的。但柳永的这首《望海潮》写得极好，写得极富感染力，引发了完颜亮对西湖的无限向往，则是有可能的。

我是奉旨填词的

公元1008年，二十四岁的柳永始至汴京。他用异样的眼光瞅着这个充满欢愉的美好城市，梦想着以科举成为其中的一分子。当他自信满满以为一举必中时，现实却给了他一记棒喝，公元1009年首次科考，他以落第败北。

后面又连续数次科考，都以落第告终。他一面混迹市井，写些曲子词；一面也想方设法，希望得到某些达官贵人或皇帝的青眼，实现自己的科考梦。

他曾写了一首关于上元节的词《倾杯乐》，传入宫中后，深得宋仁宗赞赏，以至于宫中每逢宴会，一定要让侍从乐师反复演唱柳词。柳永知道后，想走皇帝的后门，正好在中秋节前后，管天文的官员上奏说老人星出现了。按我国的传说，老人星出现是少见的祥瑞。

柳永想借此时机写词讨好皇帝，他精心写了一首词《醉蓬莱》：

渐亭皋叶下，陇首云飞，素秋新霁。华阙中天，锁葱葱佳气。嫩菊黄深，拒霜红浅，近宝阶香砌。玉宇无尘，金茎有露，碧天如水。

正值升平，万几多暇，夜色澄鲜，漏声迢递。南极星中，有老人呈瑞。此际宸游，凤辇何处，度管弦清脆。太液波翻，披香帘卷，月明风细。

仁宗皇帝一看，第一个字是"渐"，面色已经不高兴。待读到"此际宸游，凤辇何处"这句时，更是气愤，因为这是他为父亲写的挽词中的一句。再看"太液波翻"时，仁宗生气地说："为何不写'太液波澄'。"认为这是大不吉利的，便将《醉蓬莱》词掷到地下。本想借词拍马屁，却拍在了马腿上，柳永万万没想到，此后他终生都会坎坷不平。

柳永得罪皇帝，并不止这一次。他原名柳三变，有一次科考失利，他心中不快，写了一首《鹤冲天》：

黄金榜上，偶失龙头望。明代暂遗贤，如何向？未遂风云便，争不恣狂荡，何须论得丧？才子词人，自是白衣卿相。

烟花巷陌，依约丹青屏障。幸有意中人，堪寻访。且恁偎红倚翠，风流事，平生畅。青春都一饷，忍把浮名，换了浅斟低唱。

这首《鹤冲天》写出后，和柳永其他的词一样，立即被爱好者广泛传唱，结果传入开封的皇宫中，被仁宗皇帝知道了。词中所写"才子词人，自是白衣卿相"的句子，再次惹起皇帝的恼怒；又说考中进士只是浮名，皇帝更是难以容忍了。后来，柳永又考进士被录取，在宋仁宗前读新进士名单，当读到柳永时，仁宗想起了《鹤冲天》词，立即下令除名，并且批示说："此人花前月下，好去'浅斟低唱'，何要浮名，且填词去。"柳永受到这个打击，自然很难受。可他倒也善于自我解嘲，索性打出招牌，自称"奉旨填词柳三变"。

一直到宋仁宗景祐元年（1034年），柳永才考中了进士，但他一直位处末流小职，仕途很不顺利。他知道当今的宰相晏殊也喜欢写词，便去找他。晏殊问他，喜欢填词吧？柳永说，宰相大人，您也喜欢写词呀。晏殊却说，我虽然写填，却不会写"针线闲拈伴伊坐"这种句子。柳永一听立马明白，宰相这是嫌自己写的词太低俗了。这些文人士大夫们也写词，但他们只视词为艳科、小道，是登不得大雅之堂的。哪像柳永这样，公然写些俗词艳词，还被人广为传唱。

柳永在见过宰相晏殊之后，才彻底明白，自己过去写词名满天下，反而成了问题，受到了上自皇帝、下至文人学士们的鄙视和排挤。一直到他去世，仍只当了屯田员外郎这种不大的官儿，因此，后人又称他为柳屯田。

他这一生，总是在路上

柳永的一生几乎都是在路上。早年的在路上，是有意为之，而后来的在路上，半是自由意志，半是生活所迫。别离和漂泊，成了他生命的常态，他的词中充满了流浪感和漂泊感，充满了"今宵酒醒何处"的迷茫和悲凉。

但正是这种流浪和漂泊，让他的词别具一格。

北宋大文豪苏轼，有着当时文人的偏见，瞧不起柳永的词。可是，又总想和柳永比一比。相传，苏轼在京城开封翰林院当翰林学士时，幕府中有善于唱歌的人，苏轼问他说："我的词比柳七怎样？"得到的评价是：柳郎中的词，只能由十七八岁的姑娘，拿着红牙板，敲着点子唱"杨柳岸，晓风残月"；学士的词呢，那须要关西大汉，用铜琵琶、铁拍板，大喊大叫地唱"大江东去"。

"杨柳岸，晓风残月"正出自柳永的名作《雨霖铃》：

> 寒蝉凄切，对长亭晚，骤雨初歇。都门帐饮无绪，留恋处，兰舟催发。执手相看泪眼，竟无语凝噎。念去去、千里烟波，暮霭沉沉楚天阔。
>
> 多情自古伤离别，更那堪，冷落清秋节！今宵酒醒何处？杨柳岸，晓风残月。此去经年，应是良辰好景虚设。便纵有千种风情，更与何人说。

《雨霖铃》相传为唐玄宗所创的曲子，唐明皇为避安史之乱，在蜀道中夜雨闻铃，悼念贵妃，因采其声为《雨霖铃》曲。柳永用它来写悲伤的送别之情，倒是恰如其分。

这首词"念去去"之前，写的是分别时的实景，之后是想象别后的情形。其中"今宵酒醒何处？杨柳岸，晓风残月"，更是写出漂泊天涯之人的迷茫与感伤，但这种感伤之情又藏在了很美很美的景象之中，读起来让人觉得美。有人因这句，而将他与秦观合称为："山抹微云秦学士，晓风残月柳屯田。"

其实柳永的词也并不像苏轼所说的，只适合婉约的女孩儿去歌唱。在他行旅途中，他也曾写过气象很大的词，比如这首《八声甘州》：

对潇潇暮雨洒江天，一番洗清秋。渐霜风凄紧，关河冷落，残照当楼。是处红衰翠减，苒苒物华休。惟有长江水，无语东流。

不忍登高临远，望故乡渺邈，归思难收。叹年来踪迹，何事苦淹留。想佳人、妆楼颙望，误几回、天际识归舟。争知我、倚阑干处，正恁凝愁。

《八声甘州》简称《甘州》，原系唐代时的边塞乐曲（甘州即今甘肃张掖，唐时为边塞地区），后用为词牌。八声指此词牌共有八韵。

北宋的文豪苏轼，虽然一向瞧不起柳永，可是对着这首精彩的《八声甘州》，也只好服气了，并且赞赏它"不减唐人高处"。

柳永还有一首《凤栖梧》，虽然也写婉约的柔情与相思，但它的境界，也可以很阔大，这首词中的一句，深受后来的大词评家王国维的赞赏呢。来看这首《凤栖梧》：

伫倚危楼风细细。望极春愁，黯黯生天际。草色烟光残照里，无言谁会凭栏意。

拟把疏狂图一醉。对酒当歌,强乐还无味。衣带渐宽终不悔,为伊消得人憔悴。

表面上看,此词是他离开京都后表达对某位歌伎的思念之情,但隐去了具体的抒情对象,而着重抒写浓重的离愁。词中"衣带渐宽终不悔,为伊消得人憔悴",远远超越了爱情的意义,往往使人们联想到对人生事业的一种执着的态度。王国维先生在《人间词话》里谈到古今成大事业和大学问者必须经历的三种境界:一是观望寻觅远大的目标;二是废寝忘食,消瘦痛苦,为刻骨铭心的所求,不惜付出最大的努力;三是上下求索,百转千回,终于偶然发现真理。第二种境界即"衣带渐宽终不悔,为伊消得人憔悴"。这里学问、事业、爱情在更高的哲学意义上似乎是可以相通的。

据说,柳永晚年穷愁潦倒,死时一贫如洗,无亲人祭奠。歌伎感念他的才学和痴情,凑钱替其安葬。每年清明节,又相约赴其坟地祭扫,并相沿成习,称之"吊柳七"或"吊柳会",这种风俗一直持续到宋室南渡。

一个现实世界中的边缘人,一个正人君子眼中的叛逆者,以这样的一种方式离去并被人记得,让人觉得温情的同时,又觉得这个世界充满了荒诞。

范仲淹：

铁肩担道义，妙手著文章

范仲淹（989—1052）

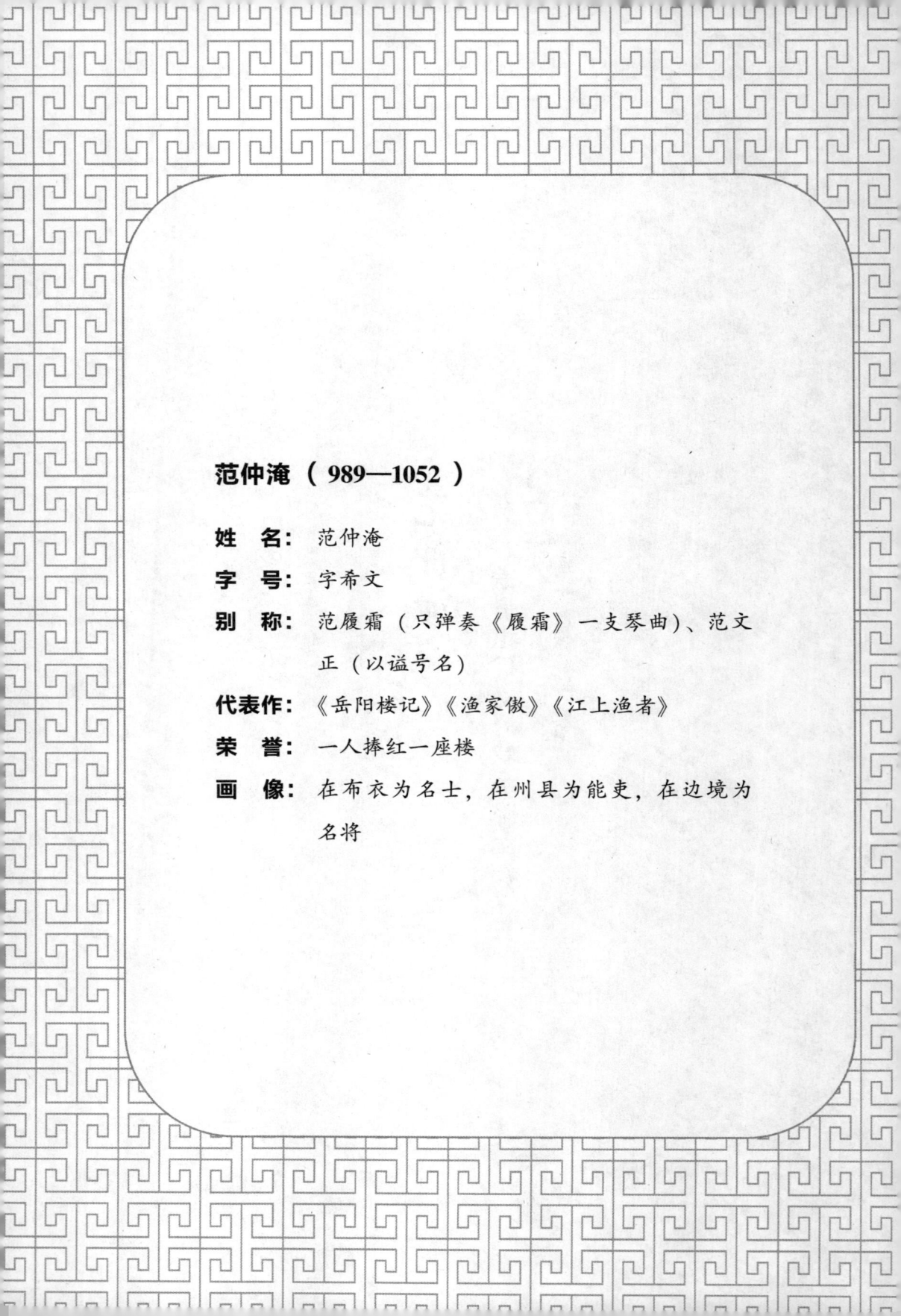

姓　名： 范仲淹

字　号： 字希文

别　称： 范履霜（只弹奏《履霜》一支琴曲）、范文正（以谥号名）

代表作： 《岳阳楼记》《渔家傲》《江上渔者》

荣　誉： 一人捧红一座楼

画　像： 在布衣为名士，在州县为能吏，在边境为名将

他的眼光总是关注着现实

提起范仲淹,大家都会想到他的名言"先天下之忧而忧,后天下之乐而乐",也会背诵这首《江上渔者》:

江上往来人,但爱鲈鱼美。
君看一叶舟,出没风波里。

《江上渔者》诗意图

这首诗写于他在苏州一带治理水患之时。诗写得很平常，大意是：江上来来往往的人只喜欢鲈鱼的美味，谁能看到那渔人驾着一叶小舟在风浪里出没呢？寻常的语言，寻常的情景，但只有一双敏锐的、善于发现的眼睛才能捕捉到，只有一颗关注现实和民生的心灵才能体会到。

这首诗的后两句其实是描画了一个场景，并没有直接点出渔民生活之苦，给读者留下了想象空间。

范仲淹的现实情怀，一以贯之，不但是在诗中，也在词中。

五代和北宋的词，大多写春愁秋恨，少有关注现实的作品。大多场景局限于亭台楼阁，少有写江山塞漠的气势宏大之作。范仲淹的词，突破了旧框架，以边塞现实生活为题材，写出来让人耳目一新。

北宋庆历年间，西夏经常入侵北宋。范仲淹在此时被任命为陕西经略副使，镇守边塞。他治军严明，令西夏人畏惧，西夏人称他为"小范老子"，说以前的"大范老子"不能跟他相比，他"腹中有数万甲兵"。

四年的边塞生活给范仲淹提供了很好的现实素材，他将这些年来的体会写成了组词《渔家傲》，但现在我们能看到的，只有下面这首：

塞下秋来风景异，衡阳雁去无留意。四面边声连角起。千嶂里，长烟落日孤城闭。

浊酒一杯家万里，燕然未勒归无计。羌管悠悠霜满地。人不寐，将军白发征夫泪。

"衡阳雁去"，传说秋天北雁南飞，至湖南衡阳回雁峰而止，不再南飞。这里是指边塞极苦，连大雁也没有停留的意思。"燕然未勒"是一个典故。东汉时，车骑将军窦宪追击匈奴的首领北单于，登燕然山，刻石纪功后回军。词中"燕然未勒"表示尚未建立功勋。

据说，欧阳修看到这首充满愁苦和忧虑的边塞词，讥讽范仲淹是"穷塞主"。二人政见一直相同，私交也甚好，说出这样的话来，也足见范仲淹在这首词中没有表现出一个将军应有的霸气和激烈昂扬的精神状态。

这个将军，站在普通士兵的角度，体会着他们久戍边关的艰苦与有家难归的思乡之情，像一个普通人一样，流下一个白发将军的眼泪。但范仲淹的这首词还是传到了宫中，被广为传唱，让人们知道了边庭之苦。

北宋建国至宋仁宗时期，生活享乐渐成风尚，以艳情为主要创作话题的歌词亦趋向繁荣。范仲淹的词作内容和风格丰富多样，有婉约的，也有跳出婉约之外，写边塞，写羁旅的，这与后面即将为婉约之词注入豪放之气的苏东坡的词风很相似。

坎坷成长路

范仲淹两岁丧父，独木难支的情形下，母亲带他改嫁淄州长山人朱文翰，范仲淹也改从其姓，取名朱说，家境优裕。就在这样的环境下，他却坚信富裕安逸只会消磨人的意志，埋没慧男儿的心性。他跑到一个山寺里读书，用苦行僧的标准磨砺自己。他每天只吃稀饭，为了让自己饿得不那么快，他总是等稀饭凉了凝结成块后，用筷子将它划成四份，早晚就着咸菜各吃两块，这便是"划粥割齑"的故事。

这个故事将与后来成为他政坛好友的欧阳修母亲的"画荻教子"典故一起，成为勤学的典范。

一直依靠继父度日后，他更加渴望要以读书闯出一片属于自己的独立天空。二十三岁，他进入应天府书院。应天书院作为宋代的四大书院之一，有良好的读书环境，他十分珍惜。他依然过着简朴至极的物质生活，对他而言，书带给他的满足感几乎能让人忘记一切饥饿。当有好事者看不过去而给他带去好的食粮时，他从不曾动过。他对别人说："我不是不识抬举，而是担心自己一旦吃过这些精良的食物，就再难挨过吃糠咽菜的日子了。"

他知道一个人的自尊只能靠自己建立起来，所以他不抱怨命运，不怨天尤人。他写过一首诗给晏殊，诗中说"但使斯文天未丧，涧松何必怨山苗"。意思是只要天道还在，自己即使是生长在涧底的松树，出身寒微，也不会嫉妒生长在山顶的小草，尽管它一露头就站在了别人无可企及的高度。

大中祥符七年（1014年），宋真宗出巡经过应天书院，书院的学生们一窝蜂跑出去欲一睹圣上的尊容，只有他一个人岿然不动。他安静地看着书，当别人提醒他时，他冷静地回答了一句："将来会有机会的。"

四年之后，他以新科进士的身份兑现了他的诺言。

自踏上仕途，他始终以道义为先，追求孔子所说的"天地之至道"，并以此作为他行事的准则和依据。

他的忠悃之志，仁义之心，都在他那篇流传千古的《岳阳楼记》中表达出来了。这篇记是庆历新政失败后，他被贬邓州，应岳州知府好友滕子京之邀而作。文章以散文始、以诗般的语言殿之，以议论作结，集多种文体于一体，以光昌流利的文字，以"不以物喜，不以己悲"勉人并自勉的同时，提出了震古烁今的"先天下之忧而忧，后天下之乐而乐"这样伟大的人生信条！一个"先"字，要求一个真正的政治家不应拘囿于一时一事的得失和个人私欲，而应以道义为尺度，以宽广的襟怀和预见力为国家谋福祉。一个"后"字则是在功成之时不居功，在山花烂漫之时，保持着"它在丛中笑"的优雅气度！

全面发展的"复合型人才"

他刚正不阿的个性，注定会让他在北宋这个朋党之争盛行的政局里处处碰壁，而碰壁的结果便是一贬再贬。他一生多次被贬，每次被贬，亲朋都安慰他。先说"此行极光"，继而是"此行尤光"，第三次被贬时，他自嘲说"仲淹前后已是三光了"。

你看到了他立身处世显露在人前的刚的一面，但他也有柔软的一面。

他留存的词作中，有一首《苏幕遮》，或是作于某次贬谪途中。

> 碧云天，黄叶地。秋色连波，波上寒烟翠。山映斜阳天接水，芳草无情，更在斜阳外。
>
> 黯乡魂，追旅思。夜夜除非，好梦留人睡。明月楼高休独倚，酒入愁肠，化作相思泪。

天涯孤旅，乡愁无计可消。唯有登楼远眺，以遣愁怀；但明月团团，反使他倍感孤独与怅惘。还是借饮酒来消释胸中块垒吧，只是这一遣愁的努力也归于失败："酒入愁肠，化作相思泪。"

后面的几句仿如一幕完整的默片，他思乡，他无眠，他登楼，他饮酒，他再次流下了思乡的泪，真情流溢，低回婉转中却又不失清刚之气。

生活中的范仲淹，很有情趣，他会弹琴，因为一直弹一首叫《履霜》的曲子，被人取了个"范履霜"的外号。会舞剑、围棋，书法写得也不错。他是道德楷模，也是全面发展的"复合型"人才呢。

民间传说，范仲淹因为为人刚正不阿，死后做了阴间的"阎罗王"，和他一样有此殊荣的，还有北宋的名相寇准、大名鼎鼎的包青天。

宋祁与张先:

『春意闹』尚书与『花弄影』郎中

宋　祁（998—1061）

姓　名：　宋　祁

字　号：　字子京

别　称：　红杏尚书

代表作：　《玉楼春》（东城渐觉风光好）

画　像：　自称"学不名家，文章仅及中人"

张　先（990—1078）

姓　名：　张　先

字　号：　字子野

别　称：　张安陆（以任职地称），张三中、张三影

代表作：　《木兰花》（龙头舴艋吴儿竞）

荣　誉：　"桃杏嫁东风"郎中

画　像：　诗酒风流，词坛留名

双状元

大家都知道苏轼、苏辙两兄弟皆中进士，岂料在他们之前，宋庠、宋祁两兄弟不但双双中了进士，且被人称为"双状元"，考试成绩之辉煌尤过于苏轼兄弟。

北宋天圣二年（1024年），二十六岁的宋祁与其兄宋庠同举进士，礼部本拟定宋祁第一，宋庠第三，但是章献皇后觉得弟弟不能排在哥哥的前面，于是定宋庠为头名状元，而把宋祁放在第十位，人称"大宋、小宋"。宋庠原名宋郊，皇帝认为此名对大宋社稷来说，颇不吉利，点他为状元时，更其名为"宋庠"。

据说列宋祁为第十，是因为皇后听闻小宋为人浮华，德不足以服人，但他的哥哥则很稳重。有一则逸事，再次说明了两兄弟的个性差异。

有一年元宵节，哥哥宋庠没出去看花灯，而是待在家里看书。弟弟宋祁同样也没出去凑热闹，因为他家里更热闹：摆宴席，请歌伎，唱大戏，狂欢了一整晚。第二天，哥哥派亲信去责问他："你忘了当年我们一起吃咸菜啃馒头还不忘刻苦读书的日子了吗？"

宋祁揉着还没睡醒的眼，笑着回答："你忘了我们当年那么艰苦是为了什么吗？"

谈及原因，这便要追溯到兄弟二人的出身了。宋祁还没到弱冠之年，做县令的父亲病死，兄弟二人依附于继母，甚是贫困。一年冬至到了，古人是非常重视冬至这个日子的。家里来了客人，兄弟二人只能从父亲留下的剑鞘上剥下一两银子，勉强备办了过节之资。贫困能激励人的斗志，兄弟二人自幼便开始发愤。但贫困有时也会局限人的视野，使人满足于最低限度的荣耀。一次兄弟二人同安陆名儒令狐之子一同拜谒郡守，当时郡守刚从外面归来，他们三人立于戟门后。看到郡守的气派，二宋叹慕不已，说"我们能做到这一步便足够了"，被令狐之子讥其狭隘。

以词结缘，以"闹"留名

据南宋黄昇《唐宋诸贤绝妙词选》卷三记载：宋祁在朝廷做翰林学士的时候，有一天他走在京城的大道上，适逢皇家后宫的车仗回宫，其中有一辆车上坐着的宫女掀开车帘惊喜地叫了一声：啊，那是小宋！小宋听到了宫女的叫声，未及答话，车仗已走远了。小宋回到家中，心中有所思念，便写下了这首词《鹧鸪天》。

画毂雕鞍狭路逢，一声肠断绣帘中，身无彩凤双飞翼，心有灵犀一点通。

金作屋，玉为笼，车如流水马如龙。刘郎已恨蓬山远，更隔蓬山几万重。

词的第三、四句和最后两句，一字未改地引用了唐代诗人李商隐写的两首七律《无题》，有兴趣的同学可以自己去查阅一下。词中的"刘郎"有解释说指汉武帝刘彻，他曾派人到大海中去寻找仙山蓬莱，想得到山上的不死之药，结果当然是什么也没有得到。也有人说"刘郎"指东汉时的刘晨，他和阮肇一起入天台山采药，遇见仙女被留住，半年后才回家，后来他再去找此仙境已路迷不可寻了。

新词一出，立刻在京师传唱开去，并传到了宋仁宗的耳朵里。皇帝便追问当时的人说:"是谁叫的小宋?"一个宫女站了出来。皇帝一见哈哈大笑,不久就召宋祁上殿,笑着打趣说:"蓬山并不远呀。"说完,就把那个宫女赏赐给了他。

其实,宋祁写得最精彩的是这首《玉楼春》:

> 东城渐觉风光好,縠皱波纹迎客棹。绿杨烟外晓寒轻,红杏枝头春意闹。
>
> 浮生长恨欢娱少,肯爱千金轻一笑。为君持酒劝斜阳,且向花间留晚照。

这首词的最精彩之处,是第四句的"闹"字。近代学者王国维在《人间词话》中评论说:"著一'闹'字,则境界全出矣。"这个"闹"字,也着实写活了春天万物争喧的美妙情景,是这首词的"点睛"之笔。只是,一切美好的东西,去得也快,所以词中劝说人们要珍惜生命中难得的欢乐和美好,要痛痛快快"为君持酒劝斜阳,且向花间留晚照",用现在的话说就是:活在当下!

我们不记得他的哥哥,但就凭这句"红杏枝头春意闹",我们记住了宋祁,他也因此赢得了"春意闹尚书"的雅号。

"三中"与"三影"

北宋初年,还有一位著名的词人张先,字子野。宋仁宗天圣八年(1030年)张先四十一岁时,考中了进士,主考官是著名词人晏殊。

张先七十二岁时,他来到京城开封,工部尚书宋祁很看重他的文才,虽然尚书的官职比张先的官职要大，可宋祁还是先去拜访，叫仆人先进门通报，说："尚书想见'云破月来花弄影'郎中。"张先在屏风后听见，立即回答说："是'红杏枝头春意闹'尚书吧！"两人相见大笑，摆酒谈词，从此成为好友。

据《古今词话》载，有人对张先说，人人都叫你"张三中"，即心中事、眼中泪、意中人。张先听后却说，为什么不叫我"张三影"呢？客人不知"三影"是什么，张先说是"云破月来花弄影""娇柔懒起，帘幕卷花影""柳径无人，堕絮飞无影"，这才是我平生得意之作呀。

此为其绰号"三中"和"三影"的来历，无论是"三中"，还是"三影"，皆透着浓浓的脂粉气。而且，对别人的调侃他丝毫不生气，还自命"三影"。可见他性情很豁达。看看这首以"云破月来花弄影"被王国维称道有境界，并为张先挣得"云破月来花弄影郎中"之名的词。

水调数声持酒听，午醉醒来愁未醒。送春春去几时回？临晚镜，伤流景，往事后期空记省。
沙上并禽池上暝，云破月来花弄影。重重帘幕密遮灯，风不定，人初静，明日落红应满径。

这首词是张先在嘉禾（今浙江嘉兴）做判官时所作，时年五十二，词充满伤春迟暮之感。

词一上来就写出了这一点。持酒听歌，本是当时士大夫享乐生活的一部分。可是，这位听歌的人所获得的不是乐，而是愁。且这种愁酒未能消，午睡后仍不能减轻半分。接着点出伤春题旨。无非是过往的依稀情事，眼下的美人迟暮、落红成阵。从昼至夜，一刻不停息。

王国维《人间词话》说："'云破月来花弄影'，著一'弄'字而境界全出矣。"他不注意"影"字而注意"弄"字，很有见解。那么，这一"弄"字好在哪里呢？

月下花影，本无所谓"弄"，但月色清辉笼罩下的花枝，随着清风在月下婆娑，有如在抚弄着自己的影子，此情此景，让人联想到整个夜色的静美柔和，而人在此时自然会勾起心中的幽思。花弄影，到底是月和花的情趣还是诗人化身为物的幽思与顾影自怜呢？景物之幽激起人心的幽思，而人之幽思又投注融合到景物之中，情与景妙合无垠，这不正是"有境界"吗？

再看看另一首带"影"字的词《木兰花·乙卯吴兴寒食》：

> 龙头舴艋吴儿竞，笋柱秋千游女并。芳洲拾翠暮忘归，秀野踏青来不定。
>
> 行云去后遥山暝，已放笙歌池院静。中庭月色正清明，无数杨花过无影。

全词似一幅寒食节日风俗画。上片极动，极热闹，欢乐从字里行间流溢出来。寒食节里，江南水乡有龙舟竞渡，有游女到郊外踏春拾翠（"拾翠"，可作捡拾翠鸟掉落的羽毛解，也可作采拾各种野生花草解），倾城出动，往来不定，络绎杂沓。下片写人散之后的静，极静谧，极轻柔。结句"中庭月色正清明，无数杨花过无影"又紧扣诗题"寒食"，写出初春的月之清，风之柔，花之轻，朦胧而兼恬淡之态，像一幅画，一首缓缓流淌的小夜曲。

《木兰花》原为唐教坊曲，后用作词牌。由词题"乙卯吴兴寒食"可知，此词写于乙卯年，即宋神宗熙宁八年（1075年），这一年，作者已是八十六岁高龄了，可是他兴致不衰，把他见到的节日热闹和欢乐写入了词中。

看来，这个张先还真像个老顽童，有点野。关于他的传闻还没完。

张先年轻时，与一尼姑庵的小尼姑感情很好，老尼姑很严厉，将小尼姑关在池塘中央小岛的一所阁楼上。为了相见，每当夜深人静时，张先划小船过去，小尼姑放下梯子来让他上楼。临别时，张先留恋不已，于是写了一首词《一丛花令》寄意：

> 伤高怀远几时穷，无物似情浓。离愁正引千丝乱，更东陌、飞絮蒙蒙。嘶骑渐遥，征尘不断，何处认郎踪。
>
> 双鸳池沼水溶溶，南北小桡通。梯横画阁黄昏后，又还是、斜月帘栊。沈恨细思，不如桃杏，犹解嫁东风。

词的最后三句："沈恨细思，不如桃杏，犹解嫁东风。"借物喻人，盛传一时。北宋的大文豪、张先同时代人欧阳修，非常喜爱这三句词，同时很想认识词的作者。宋仁宗嘉祐六年（1061年），张先到首都开封，专门去拜访当时担任参知政事（副宰相）的欧阳修，仆人进去通报后，欧阳修高兴得连鞋都来不及穿好就跑出来欢迎，并说："这是'桃杏嫁东风'郎中。"看来，张先词中可供人传为美谈的佳句还不少呢！

晏殊和晏几道：神童宰相和落魄公子

晏殊（991—1055）

姓　名： 晏殊

字　号： 字同叔

别　称： 晏元献（谥号）

代表作： 《浣溪沙》（一曲新词酒一杯）、《破阵子》（燕子来时新社）

荣　誉： 与晏几道并称"大小晏"

画　像： 承平宰相、富贵闲人

晏几道（1038—1110）

姓　名： 晏几道

字　号： 字叔原，号小山

代表作： 《临江仙》（梦后楼台高锁）、《鹧鸪天》（彩袖殷勤捧玉钟）

画　像： 文采出众、生性高傲、活在回忆中的落魄贵公子

这个神童很诚实

北宋真宗景德元年（1004年），曾任宰相的大官张知白向朝廷推荐了一个十四岁的神童，这就是后来的著名词人、官至宰相的晏殊。

景德二年（1005年）三月，皇帝亲自主考进士，还是个孩子的晏殊与一千多名成人一起参加考试，据说他精神焕发，文章下笔即成，深得皇帝赏识，因而中了进士。过了两天，皇帝召见试他的诗赋，晏殊见到试题后说："我过去用这题目写过赋，请皇上另出新题。"真宗皇帝非常喜欢他的诚实。不久，晏殊担任了秘书省正字的官职。

有一次，大臣上奏说东宫缺一位侍读官员，真宗认为晏殊是适合的人选。

大臣们很是不解，认为有资历的大有人在，晏殊不过是一个新晋的官员，官职也比较低微。皇帝说："近来听说诸位大臣都喜好玩乐宴游，只有晏殊在家读书，这种态度，不正好成为太子的榜样吗？"

有人心里不服，认为晏殊这样做是装装样子，想博一个好名声罢了。晏殊对皇帝的器重心里感激，但他仍然诚实地说出了他不去游玩的原因。他说："我不出去游玩，不是因为不喜欢，而是家中没有钱。如果有钱，我也会和大家一样。"

这样一来，真宗更是欣赏他的诚实，此后对他屡加提拔。晏殊由此青云直上，三十多岁就当上了礼部侍郎和枢密副使。

也写点小词，但要保持雅致

宋仁宗天圣五年（1027年），晏殊三十七岁，因事到杭州去，旅途中经过繁华的大城市扬州，决定在大明寺休息。那时，在著名的楼阁、寺庙里都设有诗板，专供文人墨客题诗写词之用。晏殊在大明寺中开始欣赏这些诗，其中有一首《扬州怀古》给他留下了较深的印象，得知这首诗的作者是王琪后，他便派人召王琪来一同进餐，饭后在池边散步，这时已是晚春，凋落的花瓣满地。晏殊说："我平常偶然想出一句好诗，但总是对不上下句。比如'无可奈何花落去'这一句，至今还对不上。"王琪听后立即说："可对'似曾相识燕归来'。"这一极其精彩的妙对，使晏殊赞赏不已，立即提拔王琪在自己的幕府中任职。

来看看包含这个妙对的《浣溪沙》：

一曲新词酒一杯，去年天气旧亭台。夕阳西下几时回？

无可奈何花落去，似曾相识燕归来。小园香径独徘徊。

这首词写得虽然有些感伤，但雍容闲雅；虽然有些惆怅，但很是节制，前面说了无可奈何，后面马上接上"似曾相识"，仿佛给人希望，这一联的确是词中的金句，要说这版权还有王琪的一半呢。

再看《破阵子》这首词：

燕子来时新社，梨花落后清明。池上碧苔三四点，叶底黄鹂一两声，日长飞絮轻。

巧笑东邻女伴，采桑径里逢迎。疑怪昨宵春梦好，元是今朝斗草赢，笑从双脸生。

这首词写了宋代的节俗——秋社。古代有春社和秋社两个社日，每逢社日要祭祀社神（即土地神），新社即春社，为立春的第五个戊日。斗草是古代妇女玩的一种游戏，双方以所采的花草的种类、多少和韧性相比，或者用花草的名称相对答。在小说《红楼梦》第六十二回中，就描述了香菱、豆官等姑娘们斗草的详细情景。这首词将春日少女踏春斗草的习俗写得生动传神，也为我们保留了有关宋代民间习俗的珍贵资料。

晏殊的词集叫《珠玉词》，他的词作也如珠玉般温润圆转，自带一种沉静、雍容的光芒，这点和他的公子晏几道就大为不同了。

作为一个承平宰相，他的很多词作是在宴饮中产生的，或是为宴饮而作。《石林诗话》里说他："宾主相得，日以赋诗饮酒为乐，佳时胜日，未尝辄废也。"他自己奉养极简，却喜欢宾客来。"每有佳客必留，但人设一空案一杯，既命酒，果实蔬茹渐至，亦必以歌乐相佐，谈笑杂出。"在这种氛围中产生的词，既要符合一个士大夫的身份，又要符合宴饮的场合，其审美形式一定是雅致的。

雅本来也是晏殊刻意追求的一种状态。据说，柳永因词《醉蓬莱》忤逆了宋仁宗，他想当朝宰相也是写词能手，便到他门下求谒帮忙。晏殊问他："贤俊作曲子词吗？"柳永喜滋滋地回答道："只如相公亦作曲子。"岂料这话让晏殊大为反感，他反驳道："殊虽作曲子，却不曾道：'彩线闲拈伴伊坐。'"在晏殊心目中，一样写相思离愁，柳永写的是俗词，而他的不失雅致。

其实，晏殊大可不必这样为自己辩解，他的小词中，写得"不雅"的也有。只是词在当时还是这些士大夫们抒发感情的"后花园"，他们不愿意大大方方地承认罢了。

唉，这个潦倒不通世故的贵公子

晏几道是晏殊的七公子。出生于鲜花着锦之家，自小在脂粉堆里长大。锦衣玉食的优裕生活，让他活得自由任性，像个没心没肺的孩子，哪怕是长大成年，依然如故。

十八岁时，父亲去世，他的好日子也似乎到头了。自此后，他慢慢从一个贵族公子趋向没落，仕宦偃蹇，沉沦下僚。

他不读仕途经济文章，少时颖悟，却将一腔真情付与不登大雅之堂的艳科小道"词"。"论文自有体，不肯作一新进士语"，就像贾宝玉不读正经书，专爱看《庄子》《西厢记》这样的闲书一样。所以，他没有考中进士，而是凭父亲的勋绩，走了恩荫之路，当了一个小官——太常寺太祝。

初入官场的他，大致也只是应付一下，毕竟只是太祝这类掌管礼乐祭祀的闲职，所以这段时间他的日子依然是快乐的。后来他在词中不断提及的沈十二廉叔、陈十君龙家，应该是与他相知相交最多的友人，还有黄庭坚，他就这样不问世事地由着自己的真性情，和一帮志同道合的朋友流连诗酒，风雅过活。

二十七岁时，同样是因为自己的无心，他被党人罗织罪名，无辜牵入"郑侠流民图案"中，以致入狱。出狱后搬家，身无长物，就一堆书，气得妻子骂他：真是叫花子天天搬弄讨饭碗。后来转做"颍昌府许田镇监"，当时的府帅正是父亲的门生韩维，他跑去呈词，作《浣溪沙》一首，妄想韩维提携。结果韩维回信道："得新词盈卷，盖才有余而德不足者。愿郎君捐有余之才,补不足之德,不胜门下老吏之望。"这冠冕堂皇、以德相勉的官场套话,断了他的仕进之想。

晚年时,据说蔡京权倾天下,在冬至时节想让会写词的小晏给他写一首词应景。他写是写了,可整首词与蔡京无半点关系。"今日政事堂中,半是吾家旧客",哪怕是受尽生活的折磨,他那点清高和孤傲也从不曾让他真正向人低下自己高贵的头。

留一点痴,留一点真,也很好

小晏是真正经历过繁华的人,从富贵骄人的相国公子到落拓潦倒泯然众人,他应该比谁都能体会到世态炎凉,命运无常。但再落拓,他始终保持一份痴与真。

他的痴与真,主要是表现他对歌儿舞女的深深追忆与同情中,他的词大部分也是在回忆这些纯情的女子,回忆他往昔的生活。

晚年他将自己的词作整理成集,并自作序,序中说了往年和一些故交旧友及莲、鸿、苹、云等歌儿舞女一起宴饮,并在宴饮中以词佐酒的欢乐情景。只是现在想来,那些故人都已离散,往日的美好情形就像一场梦,让人感叹不已。

他的这些回忆性的小词,很深情,很真诚。比如以下这首《临江仙》:

> 梦后楼台高锁,酒醒帘幕低垂。去年春恨却来时。落花人独立,微雨燕双飞。
> 记得小苹初见,两重心字罗衣。琵琶弦上说相思。当时明月在,

曾照彩云归。

这首词，写风流云散的歌女"苹"。记得初见小苹时的模样，薄薄罗衫上两重心字，像是一种奇妙的暗示或诉说。生命里那么多人来人往，可他永远记得的是初见小苹时的样子。人生若只如初见，多好。

还有这首《鹧鸪天》：

彩袖殷勤捧玉钟，当年拚却醉颜红。舞低杨柳楼心月，歌尽桃花扇底风。

从别后，忆相逢。几回魂梦与君同。今宵剩把银釭照，犹恐相逢是梦中。

"舞低杨柳楼心月，歌尽桃花扇底风"，极言舞筵之盛。不断起舞，直到笼罩着杨柳阴的高楼上的月亮都低沉了。不断歌唱，直到画着桃花的扇子底下回荡的歌声都消失了。当年的盛筵似乎还未结束，离歌已然响起。

"今宵剩把银釭照，犹恐相逢是梦中。"正如杜甫的那句"夜阑更秉烛，相对如梦寐"。这种似梦似真、真幻不分的相逢，像极了难以预料的人生起伏和无常。

在历经人世冷暖、悲欢离合后，他始终保持着那份天真。

这点是他的父亲晏殊没有想到的吧？但正是这一点天真，让我们记住了晏几道，也让他的词格外与众不同。

欧阳修：

世俗的圣贤

欧阳修（1007—1072）

姓　名： 欧阳修

字　号： 字永叔，号醉翁、六一居士

别　称： 欧阳文忠（谥号）

代表作： 《醉翁亭记》《卖油翁》《采桑子》（群芳过后西湖好）《戏答元珍》

荣　誉： "唐宋八大家"之一

画　像： 政坛大佬、文坛巨擘、生活家

欧阳修是著名的"唐宋八大家"之一,他在古文和诗歌上,都有卓越的成就。至于词,前人认为那是他的才华之余所作,而诗赋又似李白。可是他的词所写的内容,却与诗文大不相同,多半是与生活及游赏有关的题材。

他的散文写得可真好

"唐宋八大家"以散文著称,苏轼认为,欧阳修的文章可以媲美韩愈和司马迁,这个评价是相当高了。他的那篇《醉翁亭记》有几个学生不会背呢?

欧阳修四岁丧父,母亲带他投奔叔父——一个薪俸不高的推官。叔父待他们母子很好,但毕竟是寄人篱下,和两岁丧父的范仲淹一样,他自幼聪颖好学。也许,对任何一个敏感的孩子来说,要想改变命运,勤学以走科考仕进之路是他们最好的选择。母亲亦是知书识礼之人,"画荻教子"成为后世佳话。

十岁的欧阳修在李姓伙伴家中无意翻到了韩愈文集,虽然读不懂,却为韩文的汪洋恣肆而深深沉醉。韩文是"散文",而唐代至宋代的科考及公文都用骈文来写,一味追求骈俪和辞藻,缺乏真情而极难读。当初他并不知道,幼时的这点痴迷为他日后倡导并践行古文运动埋下了深深的种子,并在适宜的时机里,壮大繁荣。今天所谓的唐宋八大家,六个宋代人当中,除他之外,五个都出自他门下。

骈文是科考的敲门砖,他沉醉于韩愈的散文,对他的科考实在没有什么好处。所以,数年之后,他两次应试,皆以落败而告终。他知道自己要达到目的,必须学会妥协和放弃,便转攻骈文。二十二岁,"连中三元"之后，在即将到来的殿试中他为自己做了一件新袍，以便中状元后穿上，却因锋芒太过而于次年以二甲进士及第。

虽未中状元，却也是一个年轻的进士，中进士后，他自己说再没有作骈文，但对古文的倡导必须有待天时人和。他以自己的实绩向世人证明，什么才是真正的古文。但真正从根本上扭转这一风气，还要等他有话语权之后。

宋初文坛上先是流行西昆体，以杨亿、钱惟演为代表，追求辞藻华美，对仗工整，流于浮泛应酬而乏真情；一些人因此反西昆体，但矫枉过正，又走上另一个极端，以太学生为主的人避开了西昆体的华而不实，又走上了艰涩险怪一途，引经据典，面目亦复可憎。

嘉祐二年（1057年），他任科考主考，下定决心一改西昆体和太学体的文风，倡导他心目中的古文。凡写太学体的，他一律判为不合格。比如太学体的领袖刘几，在此次考试中被他判落。批阅试卷时，欧阳修看到一份试卷，开头写道："天地轧，万物茁，圣人发。"用字看似古奥，其实很别扭，意思无非是说，天地交合，万物产生，然后圣人就出来了。欧阳修便就着他的韵脚，风趣而又犀利地续道："秀才剌，试官刷！"意思是这秀才学问不行，试官不会录取！

在这次考试中，欧阳修也看到一份较好的答卷，颇有古文风范。欧阳修以为是自己的学生曾巩的，为避嫌而违心将此卷取为第二。结果试卷拆封后，才发现这份卷子的作者是苏轼。与苏轼一同被欧阳修录取的，还有他的弟弟苏辙，以及北宋文坛上的一批重要人物。这为古文运动的成功打下了坚实基础。

欧阳修提倡的古文，不像韩、柳一样过于强调载道，生活化、平易化才是他的审美追求，这也和宋代士大夫追求日常生活审美化的潮流暗自相符。他倡导的古文，同样要求文采，不像西昆体和太学体一样"因文废义"，却也不能失去文学自身的美感和形式，而流于宋初另一体"白体"之枯乏无味。文质兼美，源于生活而又有一种超越之高致，才是真正的欧阳修的古文，是"六一风神"。

要做到平易并不易。据说欧阳修在晚年修唐史时，参与者中有自己的前辈宋祁，他总是喜欢用些生僻的字眼。从年龄、资历来说，宋祁都是欧阳修的前辈，欧阳修有点不便直说，只好委婉地讽劝。一天早上，欧阳修在唐书局的门上写下八个字："宵寐非祯，札闼洪休。"宋祁来了，端详了半天，终于悟出了是什么意思，笑说："这不就是一句俗话'夜梦不详，题门大吉'嘛，至于写成这样吗？"欧阳修笑道："我是在模仿您修《唐书》的笔法呢。您写的列传，把'迅雷不及掩耳'这句大白话，都写成'震霆无暇掩聪'了。"

宋祁听了，明白了欧阳修的意思，不禁莞尔，以后写文章也平易起来了。

理论是灰色的，一切都有待创作实绩来导引。欧阳修以个人的丰赡才力身体力行，导引于先，而经其奖掖推举的苏氏父子和其他才俊追随于后，相互激荡，最终才使这一有别于"骈文"的新散文得以大放异彩。

词是他情感的后花园

欧阳修是一代文宗，他的政治生活是规范的，他的日常生活是艺术化的。

他年少高才，二十四岁进士及第，次年到洛阳做了钱惟演手下的一名推官。钱惟演是当时诗坛主流西昆体的主将，他本人诗文好，也喜欢招揽人才，从不以公务来约束有文采的欧阳修。

此外，这里还有一帮志趣相投的良师益友如梅尧臣、苏舜钦等。他们一起研讨学问，切磋诗文，过得很是惬意。欧阳修也因此留下了很多故事。

有一次，欧阳修和年轻的同僚到嵩山游玩，傍晚下起了雪。这时，钱惟演的使者赶到了，带来优秀的厨子和歌伎，并传钱惟演的话说："府里没什么事，你们不用急着回来，好好地在嵩山赏雪吧。"这个上司还真是善解人意。

文人雅趣自然离不开歌伎，歌伎分官私两种。私伎隶属于主人，可以被人自由买卖，宋代很多士大夫都蓄养私伎。而官伎主要是供官员娱宾遣兴之用。宋代规定，官员不得与官伎发生暧昧私人感情，否则严惩。年少风流的欧阳修，和一名官伎过分亲热。一个夏天钱惟演在后园设宴，唯欧阳修与那名歌伎迟迟没来，来了后，借口午睡丢了钗子，为寻钗而迟到。钱惟演心知其中有故事，便故意要责罚，而罚的方式却文雅至极，就是让欧阳修作词一首，这可难不倒欧阳修，他当即作《临江仙》一首：

> 柳外轻雷池上雨，雨声滴碎荷声。小楼西角断虹明。阑干倚处，待得月华生。
>
> 燕子飞来窥画栋，玉钩垂下帘旌。凉波不动簟纹平。水精双枕，傍有堕钗横。

这首词，风情绵邈，让人浮想联翩！风流情趣以这种美丽婉约的方式轻轻点出来，精致而又细腻，也只有一颗知情识趣的玲珑心才写得出这样的词。

再看另一首词《生查子·元夕》：

去年元夜时，花市灯如昼。月上柳梢头，人约黄昏后。

今年元夜时，月与灯依旧。不见去年人，泪满春衫袖。

在宋代，元宵节是最为盛大和热闹的节日之一。特别是到了晚上，观赏花灯，燃放烟花，君民同乐，男女同游，"金吾不禁夜""一夜鱼龙舞"，盛况空前。而且，这一晚，女孩子们特别是门第高贵人家的女子，是可以外出观灯、深夜方归的；而这就为有情的男女青年，提供了月下约会的可能性。

人有悲欢离合，月有阴晴圆缺。一年的轮回之后，还是那样的元夕夜，还是那样的灯与月，而人却少了一个。"不见去年人，泪满春衫袖。"就在春天快要到来的时候，孤零零的月下，她却在伤悼她的爱情。

这样的元宵节，这样的一段伤情。我们在目睹有宋一代的元宵风俗时，也目睹了一段普通市井人物的爱情，而且这种今昔对比的写法是不是很像崔护的《题都城南庄》？关于这首词的作者其实有争议。有人说是欧阳修，有人说是秦观，还有人说是朱淑真。

平山堂与西湖因他而留名

继洛阳之后，滁州、扬州和颖州也是他生命里的美妙风景。到这三个地方，全是因为"庆历新政"失败后，他作为范仲淹的支持者，受牵连而遭贬黜。

在滁州，他始名自己为"醉翁"，写下了有名的《醉翁亭记》，从这篇散文的名句"醉翁之意不在酒，在乎山水之间也"中还诞生了一个词语"醉翁之意不在酒"呢。

在扬州，他建了平山堂。北宋仁宗庆历八年（1048年），欧阳修任扬州太守，在扬州城西北五里的大明寺西侧蜀岗中峰上，修建了一座"平山堂"，由于堂的地势高，坐在堂中南望，江南远山正与堂的栏杆相平，故名"平山堂"。平山堂地势高峻，成了欧阳修和一些文人朋友游玩的好去处。

欧阳修调离扬州几年之后，他的朋友刘原甫也被任命为扬州太守。欧阳修给他饯行，在告别的宴会上，作了一首《朝中措》相送：

平山栏槛倚晴空，山色有无中。手种堂前垂柳，别来几度春风。
文章太守，挥毫万字，一饮千钟。行乐直须年少，尊前看取衰翁。

欧阳修在平山堂前，亲手种了一棵柳树，这便是词中的"手中堂前垂柳"的由来。当地人出于对他的敬意，称此柳为"欧公柳"。

清代同治年间（1862年至1874年），在平山堂原址，即扬州瘦西湖畔蜀岗中峰上，重建了平山堂，建筑一直保存到现在。由于平山堂很著名，人们把附近的名胜古迹与欧阳修祠等合并为平山堂公园。

在颖州，他为颖州的西湖写了很多美妙的词。宋神宗熙宁四年（1071年），六十多岁的欧阳修退居颖州（今安徽阜阳）。颖州城郊，有"一碧流十里"的西湖，风景清幽，引退后的欧阳修常徜徉其间，仕宦奔波一生，终归于优游林泉的安闲自得，可以说归得其所，可惜第二年他便病逝了。

看看他写西湖的《采桑子》，这是一组词，我们只挑其中一首来看。

群芳过后西湖好，狼藉残红，飞絮蒙蒙，垂柳阑干尽日风。

笙歌散尽游人去，始觉春空，垂下帘栊，双燕归来细雨中。

他在暮春凭阑观赏湖景。上片写群芳凋后，残红铺地，飞絮缭乱，一片春光衰残；下片写游春过后，笙歌散尽，游人归去，一湖暮色沉寂，但他却说"西湖好"。这花谢柳老、人去湖冷，究竟美在哪里？从结句可见其妙。他以"双燕归来细雨中"收束，和风、笙乐、游人、画船一切繁华热闹都消歇了，只剩双燕翩然归栖，一帘细雨迷蒙。这个结句，从动到静，有一种经历了繁华之后归于淡泊的闲适，写得自然而美好。

欧阳修晚年心境的确比较闲适，他写了《六一居士传》，自传中说，家有金石一千卷，藏书一万册，琴一张，棋一局，常置酒一壶，以自身一翁"老于此五物之间"，故号"六一居士"。

《采桑子》词意图

王安石：无所畏惧的改革家

王安石（1021—1086）

姓　名： 王安石

字　号： 字介甫，号半山

别　称： 王荆公（以封爵称）、王文公（谥号"文"）、临川先生（以籍贯称）

代表作： 《伤仲永》《游褒禅山记》《书湖阴先生壁》《泊船瓜洲》《元日》《桂枝香·金陵怀古》

荣　誉： "唐宋八大家"之一，诗称"王荆公体"

画　像： 改革家、思想家、文学家、拗相公

改革家的人生沉浮

王安石首先是个大政治家，他力排众议，主持变法，是中国历史上备受争议的革新派。

他出生于一个小公务员家庭，和很多同时代的人一样，他也打算走科考入仕之途。在十六岁之前，他只想通过生花妙笔博取功名，没有想过济世救民的大事。但长年跟着父亲宦游，他亲见了人民生活的困苦，慢慢就萌生了为国建功的远大志向。

公元1042年，二十二岁的他考中了进士。一般考中进士的人都想尽办法留在京师，他却主动要求到地方任职。他觉得只有在地方，深入民众，才能做一些实实在在的事。他做官的第一站是鄞县，在那里他做了很多对民生有利的好事。

随后的十几年里，他又在开封、苏州和江宁等地方做官，每到一处，他都会采取一些改革措施。十几年的基层任职，他对北宋的民生之艰体会更加深刻。此时的北宋，一方面向辽和西夏称臣，每年大量进贡白银和丝绢，一方面因为庞大的军费支出而财政困难。他觉得这个国家病了，非得在政治、经济等方面进行大刀阔斧的改革。

他一直在等待时机，等待一个能够采取他的改革意见的明君。三十九岁时，他因为在地方任职政绩突出，被调到了中央财政部门。公元1067年，宋神宗即位，他很想有所作为，改一改大宋的气象，他把目光投向了王安石。这个时候，王安石已经四十多岁了。

为了这个改革梦，他已经准备了很久，等待了很久。宋神宗决定找王安石谈一谈，他问王安石："现在的当务之急是什么？"王安石说：

"变旧俗，立新法。"他的回答与宋神宗的内心不谋而合，于是王安石被任命为宰相，开启了轰轰烈烈的变法。

变法中采取的一些措施，触动了很多大地主、大官僚的利益，遭到了保守派的反对，其中不乏大名鼎鼎的司马光、苏辙等人；又因为变法过于急切，任用了一些品行不端之人，遭人非议；而新法在推行过程中，也有一些不当之处，损害了老百姓的利益。一些别有用心的人，便把这些过错都推到了王安石变法上。

当然，为了推行新法，王安石也对一些所谓的反对派进行打压，比如苏轼。总之这个时候的王安石，处在风口浪尖，或是悬崖边上，一不小心就会粉身碎骨！他就像一个孤勇者，有很大的勇气，也承受着很大的压力。

这首《桂枝香·金陵怀古》，反映了他内心深深的忧患与忧虑。

> 登临送目，正故国晚秋，天气初肃。千里澄江似练，翠峰如簇。征帆去棹残阳里，背西风，酒旗斜矗。彩舟云淡，星河鹭起，画图难足。
>
> 念往昔，繁华竞逐，叹门外楼头，悲恨相续。千古凭高对此，谩嗟荣辱。六朝旧事随流水，但寒烟衰草凝绿。至今商女，时时犹唱，后庭遗曲。

词中写他在一个晚秋的黄昏，登楼远眺。眼前的景有千里澄江，有如簇的远山，江上有船，岸边有酒店的酒旗，还有白鹭飞起。对景生情，他想起了繁华如梦，荣辱无常，一切往事都随着流水远逝。此时耳边传来歌女吟唱的《玉树后庭花》遗曲。

这首词的副题是"金陵怀古"，金陵即南京。南京是六朝（即三国吴，东晋，南朝宋、齐、梁、陈六个朝代）古都，所以有人说这首词是王安石变革失败、被罢相退居金陵时所写。

词的最后一句，化用了杜牧《泊秦淮》中的"商女不知亡国恨，隔江犹唱后庭花"的诗意。后庭花，即《玉树后庭花》，是陈后主所作，被认为是亡国之音。从这里可以看出，王安石对大宋江山抱有深深的忧患，他的气魄胸襟是很大的，并不只是局限于个人得失。

苏轼和王安石在政治上是对立的，在写诗作文方面传说二人有矛盾、互不服气，可苏轼在读了这首《桂枝香》以后，用佩服的口气叹息说："此老乃野狐精也！"

变法如果没有君主的支持，很难进行下去。王安石推行新法，尽管阻碍重重，但只要神宗支持他，他就不怕失败。一帮反对派的谗言说多了，多多少少也会动摇神宗的意志。有一次，他决定召王安石进宫问一问。王安石过了很久才来，神宗心里很不愉快。

王安石上前谢罪说："臣下在学着用新办法煮饭，但总是煮不熟，所以来迟了。"

神宗问："什么新办法？"

王安石说："加一把火，随之又泼上一勺水。"

神宗听了哈哈大笑说："哪有这样能把饭煮熟的！"

想想王安石的变法也是如此，没有雷厉风行、一意孤行的勇气，今天一把火，明天又泼一瓢冷水，怎么能成功呢？

但总的来说，王安石还是很感激神宗的赏识和信任的，正是他让自己得以施展毕生的政治抱负，这在历史上是难得的君臣际会。但变法最终因神宗死去和种种阻力而失败，他也并不像历史上的一些大改革家一样建立起巨大的功业。

他感叹之余，写了下面这首《浪淘沙令》：

伊吕两衰翁,历遍穷通。一为钓叟一耕佣。若使当时身不遇,老了英雄。

汤武偶相逢,风虎云龙,兴王只在笑谈中。直至如今千载后,谁与争功。

词的大意是,伊尹和吕尚两个老头儿,困窘和顺利的环境他们都经历遍了。一位是奴仆,一位是钓鱼翁。如果当时他们遇不到英明的帝王,两位英雄也只能老死在无名之辈中。

他俩与成汤和周武王偶然相遇了(汤即成汤,商朝的开国君主;武王为周武王,周朝的开国君主),英明的君主得到了贤臣,犹如龙起生云,虎啸生风,在笑谈之间,即已筹划好了帝王之业的振兴。到现在已几千年了,谁能对他们辅佐君主建立功业方面,有丝毫怀疑呢?

词中的伊吕,指伊尹和吕尚。伊尹是夏朝末年时的奴隶,在有莘氏女出嫁时,被作为陪嫁奴仆带去,后受到成汤的赏识重用,攻灭了夏朝建立了商,伊尹成为开国功臣。吕尚又称姜尚,俗称姜太公。他最初非常穷困,年老时才被周文王赏识,后辅佐周武王灭商建立周朝,被封于齐,为齐国的始祖。

从王安石的一些诗中,也可以看出他的改革家气质。比如,大家熟知的《元日》:

爆竹声中一岁除,春风送暖入屠苏。
千门万户曈曈日,总把新桃换旧符。

屠苏,指屠苏酒,古人在过年时饮屠苏酒以避邪。桃,指桃符。古人在正月初一时用桃木板写上神荼、郁垒两位神灵的名字,悬挂在门旁,

《元日》诗意图

用来避邪。

诗中流露出强烈的破旧立新的改革思想，也显示出王安石想干一番事业的强烈愿望。而他一生的沉浮起伏，无不和"改革"相关。

他还有一首《梅花》，也显示出他孤傲不屈的个性气质。

> 墙角数枝梅，凌寒独自开。
> 遥知不是雪，为有暗香来。

梅花不惧天寒地冻，凌寒独自开放，孤绝而无畏。梅花暗暗输送着幽香，品德高洁。这是一枝孤绝之梅，也是王安石这个孤绝的改革家的写照。

如果不谈政见，只谈学问

王安石也是一个大文学家，是"唐宋八大家"之一。他的散文写得很好，比如大家熟知的《伤仲永》，写了一个被捧杀的天才少年，最终泯然于众人的悲惨结局。

还有《游褒禅山记》，他在文中提出了著名的观点：世上瑰怪奇伟的风光，常常在险远的地方，但一般人却不会到这样的地方来。这一点，也很符合他这个改革者的气质。

他的诗也写得很好。如果不谈政见，只谈学问，他应该和苏轼一样，会结交很多朋友，也会让很多人喜欢。

苏轼和王安石尽管在政见上不符，但这并不妨碍他们在学问方面惺惺相惜。

变法越到后面，王安石越是感到一种无力回天的凄冷与宿命，心也慢慢如死灰般冷却。而熙宁九年（1076年），长子王雱年仅三十三岁便去世，白发人送黑发人的人世剧痛，终于让他下定决心，离开这个给过他最绚丽的梦想也给过他最刻骨的悲凉的伤心地，从此归隐家乡金陵，研习佛老，不问世事。他每天骑着一头驴子，四处转悠，在枯槁的形容之下，你已经无法看透他内心的悲喜与波澜。

对苏轼的才华他一直欣赏，当苏轼被贬黄州后，只要有人从黄州来，他必定要问："子瞻近日有何妙语？"当苏轼结束了黄州的贬谪生活，量移汝州时，他特意到金陵拜访这位已经罢相的曾经给过他痛苦的风云人物。得知苏轼前来，王安石早早在江边等候，十多年的隔阂，在相见的那一刻，没有更多的言语，却早已如冰般释然。

一个多月的逗留，苏轼时常与王安石研习佛理，探讨学问。他评价王安石说："学荆公者，岂有如此博学哉！"而王安石则称苏轼为"人中之龙"！一种惺惺相惜的知心之意，让人感动。

元丰年间，司马光重新主持朝政。他退居洛阳十五年不问世事，返回朝堂的第一件事便是废除新法，让一切回到熙宁变法前的模样。在朝人士一边倒偏向司马光时，苏轼却唯公心是从，在朝堂上公开与司马光据理力争，认为王安石的新法中也存在合理的地方。司马光勉强待他说完，却仍旧一意孤行。苏轼很愤慨，回家后，一边解带，一边连连说："司马牛！司马牛！"

黄庭坚也和苏轼一样，王安石退居金陵后，往年那些趋炎附势之徒都不与他往来，黄庭坚却专门到金陵去拜见王安石。他问王安石近来有什么佳作，王安石指着壁上的诗句说：

茅檐常扫净无苔，花木成畦手自栽。
一水护田将绿绕，两山排闼送青来。

黄庭坚读后赞不绝口，这首诗便是王安石的名诗《书湖阴先生壁》。诗人懂得诗的妙处，想必王安石听到黄庭坚的评价后，一定会欣然一笑。

这首诗的后两句将"一水""两山"拟人化，写得充满了人情味，成为这首诗中的名句。排闼（tà），推开门。

王安石做事认真，写诗也极为认真，一些诗像是信手拈来的，但他却竭尽全力去打磨。比如这首选入课本的《泊船瓜洲》：

京口瓜洲一水间，钟山只隔数重山。
春风又绿江南岸，明月何时照我还。

据宋人洪迈《容斋随笔》记载，王安石写"春风又绿江南岸"这句诗，琢磨了很久。先是用"到"，改为"过"，又改为"入"，旋即改为"满"，一直到最后才定为"绿"。真是"吟安一个字，拈断数茎须"啊。聪明的小读者，你说说看，用哪个字好呢？"绿"字究竟好在哪儿呢？你要是读懂了这个"绿"字的妙处，就差不多是个解诗的高手啦。

有宋一代，士大夫多集官僚、文人、学者于一身。如果没有党争，没有内讧，不谈政见，让他们齐聚在那片天空下，该是怎样奇异瑰丽的景观啊。

苏轼：宋代文坛上最闪亮的星

苏 轼（1037—1101）

姓　名： 苏轼

字　号： 字子瞻，号东坡居士，世称"苏东坡"

别　称： 苏文忠（谥号）、坡仙、玉局老等

代表作： 《赤壁赋》《石钟山记》《记承天寺夜游》《题西林壁》《饮湖上初晴后雨》《惠崇春江晚景》《念奴娇·赤壁怀古》《水调歌头·明月几时有》等

荣　誉： "唐宋八大家"之一（散文），与黄庭坚并称"苏黄"（诗歌），与辛弃疾并称"苏辛"（词），与黄庭坚、米芾、蔡襄并称"宋四家"（书法）

画　像： 文学家、书法家、画家、美食家、生活家

背景：他生在一个好家庭，也生在一个好时候

苏轼，字子瞻。一生之中，苏轼名号很多，如东坡、东坡居士、老泉山人、戒和尚、玉局老、雪浪斋。人称无邪公、东坡道人、坡仙等等。这些称号中，流传最广的是东坡，我们便习惯叫他苏东坡了。

他生于宋仁宗景祐四年（1037年）一月八日清晨，四川眉州。眉州在乐山以北，是西南的一个江边小镇。

一般天才或不平凡的人物出生时，都会有神异天象。据说苏轼出生时，彭老山的草木一夜尽枯，因为他汲取了山川日月的精华。这也许只是为了配合苏轼的天才而杜撰的一个传说吧。总之，小苏轼的出生让父亲苏洵很高兴。

父亲精心给他取名为轼，小他三岁的弟弟叫辙，轼与辙都是古代车辆的部件。古时的车辆，由车轮、辐条、上盖、下底以及车前的横木构成。所有零件各有其作用，除了坐车人胸前用作扶手的那一条横木——轼。难道父亲希望苏轼没有用？不，他希望苏轼收敛光芒，以求无用之用。而辙是脚踏实地的，让人放心。说来也奇怪，兄弟二人的个性和后来的遭遇，真的印证了父亲所取的名字。这如同苏轼出生时的天象一样，让人不解啊。

先说"三苏"中的父亲苏洵吧。《三字经》中说"苏老泉，二十七，始发愤，读书籍"，这个苏老泉就是苏洵。从字面意思看，苏洵直到二十七岁才开始发愤读书，在这之前他不屑于科考功名，整日与朋友混在一起，或是四处游历，总之就是不务正业。二十七岁之后他开始发愤，但几次参加科考都没有考中，也许天性不羁的他受不了科考的束缚，从此

以后，他更是四处游历，广交朋友。到公元1057年，他带着苏轼、苏辙两兄弟进京科考，两兄弟一战成名，此后"三苏"就名动京师。

苏洵简直成了浪子回头金不换的典型。其实，大家可不要被表面现象蒙蔽了，苏洵二十七岁之前，绝对不是不读书，他应该是不喜欢读应考的教科书之类的，其他旁门左道或是增长见识的书，他肯定读得比谁都多；他也不是不务正业，只是想在书本之外，更多地通过游历增长阅历和见识。不然，他怎么会培养出这么优秀的两个儿子来？

苏轼在一首诗中回忆幼时父亲叫他读书的情形，读起来让人捧腹。诗中说父亲有一次要出门办事，给他布置了功课，就是要读完《春秋》这部史书。小苏轼因为贪玩，到父亲快回来时，发现自己一半都没有读到，他心里那个急呀，简直是"起坐有如挂钩鱼"。

除了《春秋》，还有《论语》《孟子》《诗经》之类的书，他自小都已读熟。他天赋很好，还很勤奋，而且这种发愤读书的习惯，几乎伴随着他的一生。即使是成年之后，这个习惯也没有变过。用他自己的话说"我昔家居断还往，著书不暇窥园葵"，就是他为了读书，有段时间几乎断绝了与他人的往来，园中的花花草草都没有时间去看一看。远离华美和趣味，"宅"的日子，对于苏轼是家常便饭。那些艰深冗长的经书和正史，他比旁人更加用功地背诵和抄写。苏轼的天赋才华之所以在中国文学史上大放异彩，是建立在这样深切的用功之上的。

苏轼的母亲程氏在当地应该算得上是大户人家，她信奉佛教，教会了苏轼仁爱二字。苏家庭院树木葱郁，常有鸟雀飞来栖息。程氏珍视这些小生命，因此严禁苏轼兄弟和家中婢女捕捉。苏洵的祖母性格古怪难缠，尤其对小辈极严厉苛刻，甚至听到杂沓的脚步声便勃然大怒。但祖母唯独钟爱程氏，每每见之则喜。

母亲知书识礼。父亲不在的日子里，母亲担起了教育之职。苏轼曾跟着母亲读《后汉书》，有一天他读到了范滂的故事，深为他的大勇感动。他问母亲，如果他长大之后，做范滂这样的人，母亲是否愿意。母亲微笑着回答："你若能做范滂，难道我不能做范滂的母亲吗？"

在这样的家教背景下，苏轼真的很幸运。

更幸运的是，他还赶上了一个好时候。他出生在宋仁宗朝，宋仁宗在宋朝皇帝中名声是最好的。他不喜欢打仗，重视文化，重用文人。当然，他也想办法富国强民，当时的北宋放在全世界，在经济、文化方面也是翘楚。苏轼所在的眉州，在晚唐五代时，应该属于西蜀，晚唐五代朝代更迭如走马灯，但西蜀和南唐却是相对富庶繁荣的两大中心。雄厚的底子加上宋初的政策，眉州的文化氛围是很浓厚的。

也正是因为宋仁宗重文抑武，北宋的官员大都集文人、学者、官员于一身。宋仁宗为天下读书人大开科考之门，才使得"三苏"凭自己的实力一举成名。尤其是当时苏轼科考时，主考官是欧阳修，当他看到苏轼的文章后，自愧不如，他要避让一下，让这个年轻人出人头地。他乐于奖掖后进，唐宋八大家中的宋人大多出自他的门下，可见当时的士风多么清正，当时的苏轼多么幸运！当宋仁宗看到写苏轼苏辙中进士后，高兴万分。殿试结束，兴冲冲地回到后宫对皇后说，我今天为子孙得了两个太平宰相。

北宋，对读书人来说，算得上黄金时代。

仕途：来看看在密州、黄州、儋州的苏轼吧

苏轼的仕途起起落落，几乎走遍了大半个中国。他的仕途与"党争"紧密相连。这其中的纠葛太复杂，苏轼一生经历了五个皇帝，依次是宋

仁宗、英宗、神宗、哲宗、徽宗。

王安石是"革新派"的领袖，主张变革，支持变法的主要是宋神宗、宋哲宗。司马光是"守旧派"的领袖，反对变法，支持者主要是宋神宗的母亲高太后。

苏轼呢？他被"革新派"视为"旧党"，因为他对新法中一些劳民伤财或是因小人利用适得其反的举措深恶痛绝；但当"旧党"得势，要全盘否定"革新派"的合理之处时，他又反对，因而"旧党"也有些不喜欢他。对他来说，他无意于哪一党，他一直秉持公心，从对天下人有利的角度来考虑问题。

随着皇帝的更替，一朝天子一朝臣，革新派和守旧派的地位也跟着变化。苏轼的仕途，也随着朝中两派地位的变化而变化。我们主要看看密州、黄州、儋州这三个地方的苏轼吧。

任职密州，是他主动要求的。当时王安石变法启动不久，朝中人事纷扰，这对一向秉执公心的苏轼来说，很是头疼。为避开这个是非之地，他主动申请调离京城，出任密州。

公元1074年，苏轼出任密州知州。在这里他带领百姓抗蝗灾，帮老百姓减免赋税，很受老百姓喜欢。他还常到常山祭祀，回来时和同僚在郊外打猎。苏轼为此写了一首《江城子·密州出猎》，还让部下的壮士表演合唱这首词。这首词写得很豪放，气魄雄大，和以往宋词的春愁秋恨、缠绵婉转很是不同，为宋词开创了新风尚，受到时人很高的评价。

老夫聊发少年狂。左牵黄，右擎苍，锦帽貂裘，千骑卷平冈。为报倾城随太守，亲射虎，看孙郎。

酒酣胸胆尚开张。鬓微霜，又何妨。持节云中，何日遣冯唐。

会挽雕弓如满月,西北望,射天狼。

我们说苏轼读了很多书,学问大,在这首词中可以看出来。词中"亲射虎,看孙郎"是指吴国孙权亲自杀虎的典故。"持节云中,何日遣冯唐"是指西汉的云中太守魏尚驻守边塞,匈奴人怕他。但有一次他在向朝廷上报消灭的敌人数量时,多报了六人,朝廷要治他重罪,冯唐据理力争,汉文帝接受了他的建议,还派冯唐去云中赦免魏尚。一般有学问的人写诗词,会用很多历史典故,这些典故字少,但包含的信息量很大,可以替诗人说出很多他们想要表达的情感,肚子里没货的人,肯定是不会用的。

词中天狼,指天狼星,这里代指西夏。因为西北方的西夏,当时是北宋的大患。苏轼在词中表达了他想挽弓杀敌、报效国家的愿望。

苏轼和弟弟苏辙的感情很好,有一年中秋节,他十分想念在济南为官的弟弟,借着酒劲,他写下了一首《水调歌头》给弟弟。这首词写得太好了。有人说,苏轼的这首咏中秋的词一出,其他写中秋的词都没有人再读了。

明月几时有,把酒问青天。不知天上宫阙,今夕是何年。我欲乘风归去,又恐琼楼玉宇,高处不胜寒。起舞弄清影,何似在人间。

转朱阁,低绮户,照无眠。不应有恨,何事长向别时圆?人有悲欢离合,月有阴晴圆缺,此事古难全。但愿人长久,千里共婵娟。

这词是从他心里流出来的。他在半醉半醒的状态下,发出梦幻般的天问:皎洁的明月啊,你是什么时候出现在天际的?在你那月宫仙境里,今夜是个什么样的日子呢?我想乘风而上,超越这凡俗的人间。但那月

《水调歌头》词意图

宫高处太寒冷了，没有人间烟火，我怎么住得下？罢了，还是在这人间伴你起舞、共你徘徊吧。你转过朱阁，来到窗前，与佳人相对。皎洁的明月啊，你没有人间的悲欢离合，为什么要时圆时缺呢？也许，你有你的阴晴圆缺，就像我有我的悲欢离合一样，这二者是并无不同的吧。我为什么要把你当成一个无情之物呢？在这悲欢离合的人世，只能祈求每个人都活得好好的吧，就像你毫无偏私地将月光洒在这千里之遥的每一片大地上一样，你的宏愿代表了我的心。

词中的最后几句，每句都是难得的佳句。这首词写出来后，在京城广为传唱，连皇帝都读了。

公元1079年，苏轼因"乌台诗案"，被人构陷，几乎丢了性命。他甚至都做好了死的准备，还将家人都托付给弟弟。最后被贬官为黄州团练副使。

元丰三年（1080年）二月，初到黄州的他，没有房子住，暂住在定惠寺里，在夜深人静的时候，他辗转难眠，像一只受惊的孤鸿一样"惊起却回头，有恨无人省"，这首《卜算子》，是他当时的心灵写照。

缺月挂疏桐，漏断人初静。时见幽人独往来，缥缈孤鸿影。
惊起却回头，有恨无人省。拣尽寒枝不肯栖，寂寞沙洲冷。

词中"漏"指漏壶，为古代计时的器具，分播水壶和受水壶两部分，播水壶盛水，下有孔，水缓缓滴入受水壶。受水壶中有立箭，随水量的增加而浮起，用以指示时间。"漏断"指漏壶滴水声没了，即水滴完了，就是夜深了的意思。

萧瑟凄清的暗夜里，那只孤独的鸿掠过疏桐的树梢，苦苦寻找着可

《卜算子》词意图

以栖息的那一枝。只是它太高傲了，哪怕身陷困境，也不愿从俗违心，随意选择一个地方安顿自己。最后，它一声悲鸣，落在寂寞的沙洲上。这只不肯随世浮沉的鸿多像不追随新党也不盲从旧党的自己！

在黄州住了一年之后，手头积蓄即将告罄，他要为生活谋一个长久之计。从元丰四年（1081年）起，他带领一家老小，在郡城东门外约五十亩的小山坡上辛勤开垦荒地，精心规划，像一个地地道道的农夫一样，过起了农人的日子，并自号"东坡居士"，从这个时候开始，历史上有了"苏东坡"！

有一天，他从东坡雪堂夜归临皋。因为喝了酒，醒了醉，醉了醒，回到家中，家里仆人都睡了，敲门也没有人回应，他来到江边，拄着拐杖听了一夜江声。还因此写了一首妙词《临江仙》：

> 夜饮东坡醒复醉，归来仿佛三更。家童鼻息已雷鸣。敲门都不应，倚杖听江声。
>
> 长恨此身非我有，何时忘却营营？夜阑风静縠纹平。小舟从此逝，江海寄余生。

在阵阵江声中，他神游天外，仿佛身体已不属于自己了，发出"小舟从此逝，江海寄余生"的心声。据说，写了这首词后，第二天就有传言说苏东坡真的驾着小舟远遁江湖了。当时的地方官徐君猷听后非常害怕，因为自己管辖的地界走失了罪人，他可担待不起。他急忙命人前去苏家，结果发现苏轼睡得正香，还在大声打呼噜呢！

还有这首《定风波》，更显出了苏轼豁达的人生态度。

> 莫听穿林打叶声，何妨吟啸且徐行。竹杖芒鞋轻胜马，谁怕？

一蓑烟雨任平生。

料峭春风吹酒醒，微冷，山头斜照却相迎。回首向来萧瑟处，归去，也无风雨也无晴。

三月七日这天，苏轼和几个朋友前往沙湖，边走边欣赏沿途的景致。没想到风云突变，转眼间下起了雨。同行的朋友都被这场突如其来的雨搅得很狼狈，唯独他毫不介意。他想，东躲西藏一样被淋湿，倒不如坦然面对。于是他脚穿草鞋，手持竹杖，和着雨打疏林的沙沙声，唱着歌，吟着诗，安步徐行在雨中。不一会儿，云开日出，雨过天晴，一阵雨后的风吹来，让沉浸在自然中的他感觉有点冷。回头看去，一抹夕照安恬地挂在远山，一切都像没有发生过一样。

在黄州，苏轼完成了精神的突围，艺术才情也得到升华。《定风波》只是前奏，更多的千古杰作正在向我们走来，如这首《念奴娇·赤壁怀古》：

大江东去，浪淘尽，千古风流人物。故垒西边，人道是，三国周郎赤壁。乱石穿空，惊涛拍岸，卷起千堆雪。江山如画，一时多少豪杰！

遥想公瑾当年，小乔初嫁了。雄姿英发，羽扇纶巾，谈笑间，樯橹灰飞烟灭。故国神游，多情应笑我，早生华发。人生如梦，一尊还酹江月。

词的大意是：你看啊，那少年英雄——在赤壁大战中娴雅而又有韬略的周公瑾，何等风流！而自己，年过半百，早生华发却被贬此地，功业无成。但是，以整个宇宙时空为背景，昔日的周瑜和今日的自己，又

赤壁图　明·仇英

有何差别？都只是时间长河中的一朵浪花，都会被淹没在奔流不息的历史长河中。英雄如彼，平凡如我，在宇宙面前皆是微尘一粒，如此看来，人生一场大梦，我又何须悲伤，你又何须得意呢？永恒的，只有这江水，这明月。一尊还酹江月，是对宇宙的敬畏。

元祐九年（1094年）哲宗正式执掌皇权，下诏改年号为"绍圣"，意思是绍继神宗施政大统，这便意味着新党要重新得势了，新党以打击"元祐党人"为主要目标，罢黜贬谪了大批他们所谓的"党人"。苏轼被视为旧党，遭受了他生命中最残酷的一次放逐，被贬岭南。那时，他已是白须萧散的近60岁的老翁！毕竟，岭南是"罪大恶极"之人才会放逐至此的，北人南迁于此，一般不易生还。所以，那时一提到岭南，人人谈虎色变。

幸好，海南的人以他们的热情欢迎着这个北人，在他们眼里，没有罪官，只有大学士大文豪苏东坡。

他出入寺庙，山林，最喜欢的是去松风亭。一次本欲登顶，却中途疲惫，心里无比懊恼。但转念一想："此间有什么歇不得处？"此念一生，便如脱钩之鱼，忽得解脱。

海南的一个老农邀他到荔枝熟时，携酒来吃荔枝。他很高兴，并兴冲冲地说："日啖荔枝三百颗，不辞长作岭南人。"

热瘴侵袭着他衰老的病体，他托中原的友人寄药过来，还时时将这些药用来周济当地人。哪怕是"白头萧散满霜风，小阁藤床寄病容"，他仍然热爱生活，"报道先生春睡美，道人轻打五更钟"。

他没有表现出一副被生活和困境击垮的样子，没有怨天怨地，却以随遇而安的温厚拥抱劈头盖脸打过来的一切，这让章惇等人十分不爽，他们又下了一道更残忍的命令：贬他到更远的昌化，即儋州！

在儋州"食无肉，病无药，居无室，出无友，冬无炭，夏无寒泉"，更无书籍和笔墨纸张。但他将这些一一都化解了。

食无肉，他便从市场上要来卖剩的羊骨头熬汤，并自嘲，狗若知他这样，必要恨他了。

居无室，他在一处桄榔树下搭起了一个简易的房屋，戏称之为"桄榔庵"，素朴简单中自得其乐。

出无友，他也有解决办法。或去寺院清坐终日，"闲看树转午，坐到钟鸣昏"；或到熟人家串门，半醒半醉之间，竟然忘了回家的路在哪里。向当地人问路，别人告诉他："但寻牛矢觅归路，家在牛栏西复西"；或是去溪边与小孩玩乐，"小儿误喜朱颜在，一笑哪知是酒红"；或是在当地父老争看戴乌角巾的自己时，他依然是"溪边古路三岔口，独立斜阳数过人"。

他将秧马、水磨介绍给当地农人，他出谋划策兴修水利，解决当地人饮水难的问题；他将自己的满腹学识和才华传授给当地的孩子，充当了一个文化使者。

说他是大生活家、大艺术家，谁敢不服

苏轼是个政治家，也是一个生活家。

生活家，就是既懂得工作，也懂得生活；既有事业，也有朋友；还得近人情，有丰富的感情。

说起懂生活，就不得不说苏轼是个爱享受美食的吃货。

一想到四十多岁了，差点连命都丢了，一事无成，还要被贬黄州，苏轼很不开心。但他很快想到黄州那个地方三面环江，山上又多竹子，可以吃鲜竹笋，江里还有鲜美的鱼，又高兴起来。

《惠崇春江晚景》这幅画我们没见着，但苏轼为这幅画写的诗，我们都知道。尤其是诗中那句"蒌蒿满地芦芽短，正是河豚欲上时"，想想那鲜美的河豚，肯定比东坡肉还要鲜美多了。

在海南那么荒远的地方，因为有荔枝，他说"日啖荔枝三百颗，不辞长作岭南人"。荔枝多吃一点是会上火的，这个苏老夫子居然一天想吃几百颗。当然他不会那么傻，他就是说想吃就吃个够。

说起朋友，苏轼的朋友圈可大啦。

他的朋友上至王公大儒，下至乡野农夫，还有一些僧人和尚和慕名而来追随他的铁杆粉丝，这里就不一一列举了。

士大夫朋友中，有亦敌亦友的王安石，有亦师亦友的欧阳修，还有甘愿拜在他门下的苏门四学士秦观、黄庭坚、张耒等。著名的画作《西园雅集图》，画的就是以苏轼为首的一帮文人，在驸马府的西园雅集宴游的情形，有兴趣的同学可以好好欣赏一下这幅画。你看看，这些古代的士大夫们，玩也玩得那么精致、风雅、有意思。

说起近人情，就不得不说苏轼是个重情的人。先不说他和弟弟苏辙的兄弟情了，他对妻子和侍妾，都是极有感情的。要知道，在中国古代，女子是家庭的附属品，很少有男子专门为妻妾写诗，你看宋词中写的都是给歌儿舞女等人的。

苏轼为妻子王弗写了一首深情的悼亡词《江城子》：

十年生死两茫茫。不思量，自难忘。千里孤坟，无处话凄凉。纵使相逢应不识，尘满面，鬓如霜。

夜来幽梦忽还乡。小轩窗，正梳妆。相顾无言，惟有泪千行。料得年年肠断处，明月夜，短松冈。

苏东坡性情洒脱，不拘泥于琐事，而妻子王弗却有如慈母般呵护着他，包容着他的小性子。而且她还有见识，是个贤内助。每当有人来拜访苏轼，她悄悄躲在屏风后听他们谈话，并提醒苏轼，"此人说话模棱两可，总是暗自揣测你的意思，一味迎合""此人交情不会长久，来得快，去得也快"，她的话，在日后一一得到了印证。

苏轼还有一个很喜欢的侍妾叫朝云，当他被贬到蛮荒的海南时，跟随他的就是朝云。朝云很懂苏轼，算得上他的知己。所以当苏轼问一帮人他肚子里装的是什么时，大家都没有说到苏轼心里去，只有朝云说："学士装着满肚皮的不合时宜。"

在赴惠州的旅途上，苏轼感触甚深，因而写了一首充满惆怅情调的《蝶恋花》。到惠州后，一天苏轼与朝云闲坐，当时刚下了秋霜，树叶黄落，一片凄凉的深秋景色。苏轼叫朝云备酒，她端着酒杯唱苏轼写的《蝶恋花》词，怎奈还没有唱，就已经泪湿衣襟。苏轼问怎么回事，朝云回答说，词中的"枝上柳绵吹又少，天涯何处无芳草"使她没法唱下去。

苏轼大笑说："我正悲秋，而你却伤春了。"不久后，朝云因病去世，苏轼遂终身不再听这首《蝶恋花》。

  花褪残红青杏小，燕子飞时，绿水人家绕。枝上柳绵吹又少，天涯何处无芳草。
  墙里秋千墙外道，墙外行人，墙里佳人笑。笑渐不闻声渐悄，多情却被无情恼。

要说苏轼是大艺术家，那就更是说不尽、道不完了，我们只是简略地说说。

他诗、词、文、书、画俱工，他以其天才般的丰富性和多样性，在北宋的天空里，成为一颗最闪亮的星。

诗与黄庭坚并称"苏黄"，黄庭坚惴惴然称自己只是苏轼的学生，断不敢与之并称。

词与辛弃疾并称"苏辛"，自苏轼开始，宋词的境界真正摆脱了偎红倚翠的小儿女境界，而进入"无意不可入"的境界。以诗为词、以文为词，经他范本化的娴熟运用，到辛弃疾而发扬光大。

文入"唐宋八大家"之列，其文既有元气淋漓、穷理尽性的宏文，也有抒发性灵、精致玲珑的小品，还有飘逸清新、力斡造化的美文，如"万斛泉源，常行于所当行，止于所不可不止"。如果韩愈"驱驾气势，若掀雷电，撑抉于天地之间"，可谓"韩潮"；苏轼则以其"力斡造化，元气淋漓，穷理尽性，贯通天人"，堪称"苏海"。

书法以《寒食帖》著称，与黄庭坚、米芾、蔡襄并称"宋四家"。

他善画山石，画作虽不是出类拔萃，却自有一双鉴画赏画的妙眼和一颗天生锐感的妙心。他识得王维"诗中有画，画中有诗"，他识得文与可画竹的机窍在"胸有成竹",当时的画家也以能得苏轼题画为幸。

前面我们看了很多他的词,现在我们来看看他的诗。夸张一点说,他写什么,什么都因为他的书写而留名。

他写《饮湖上初晴后雨》,用了一句"欲把西湖比西子,淡妆浓抹总相宜",结果西湖就出名了。

他写《题西林壁》,说"不识庐山真面目,只缘身在此山中",结果这个天生的哲学家,又把庐山写绝了,写得让别人都不敢再写。

还有《赠刘景文》一诗中说:"一年好景君须记,最是橙黄橘绿时",结果刘景文这个名字就留在了历史中!

这样的旷世天才,真的称得上北宋文坛上最闪亮的一颗星!

黄庭坚：

可以和苏轼比肩的北宋大文人

黄庭坚（1045—1105）

姓　名： 黄庭坚

字　号： 字鲁直，号山谷道人、涪翁

别　称： 黄文节（谥号）、豫章先生（以籍贯称）

代表作： 《答洪驹父书》《寄黄几复》《定风波》《清平乐》

荣　誉： 与苏轼并称"苏黄"（诗歌），与苏轼、米芾、蔡襄并称"宋四家"（书法），江西诗派领袖，其诗称"山谷体"

画　像： 文学家、书法家

他的诗歌和书法，真的很特别

提到唐诗，人们自然会想到并称"李杜"的李白和杜甫；提到宋诗，你可能不一定知道黄庭坚和苏轼并称"苏黄"。事实上，宋代诗坛上最闪亮的星是苏轼，但最特别的是黄庭坚，他是宋代最大的一个诗歌流派——江西诗派的领袖。

苏轼的诗在当时是一流的，但有一次他在孙莘老（黄庭坚的岳父）家中看到了一个后辈的诗，读后非常震惊，他感觉这诗写得太特别，感觉写诗的人不是与他同时代的。孙乘机想让苏轼帮这个后辈扬名，因为他现在还是无名小卒。苏轼听后哈哈大笑说，这个人像精金美玉一样，根本不需要攀附名人，想不出名都难！不得不说，苏轼是很有眼光的，这个人便是黄庭坚。后来，黄庭坚也如愿成为"苏门四学士"之一。

黄庭坚的诗到底有什么特别之处呢？

反正就是不同于宋代流行的写法，他的诗是另辟蹊径。他以杜甫为祖，提倡一种生新瘦硬的诗风，用"夺胎换骨，点铁成金"的技法，自成一体，号称"江西诗派"。这种诗体，特别注重作诗的章法，大量用典，诗风生新瘦硬。往往打破了常规的写法，也不迎合常规的心理定势。一句话，没有专业的水平和精深的学问，不容易领会到这种诗的妙趣。

我们举一首他的诗中相对不那么难理解的名作《寄黄几复》：

我居北海君南海，寄雁传书谢不能。
桃李春风一杯酒，江湖夜雨十年灯。
持家但有四立壁，治病不蕲三折肱。

想得读书头已白，隔溪猿哭瘴溪藤。

"我居北海君南海，寄雁传书谢不能"，巧妙融入南海北海风马牛不相及之典故，表明空间遥远，自己想与友人互通音讯也不可能。

以"持家但有四立壁"，喻好友黄几复清贫自守之廉洁。"治病不蕲三折肱"，赞好友有治国理政之才干。这些巧妙的恭维，每一句都有典故，信息量很大。

"桃李春风一杯酒，江湖夜雨十年灯"，更是用名词串联起来的一对诗句，读起来只感觉很美，简直是神来之笔。

这首诗，相信一般人读起来，并没有那么容易理解。所以黄庭坚的诗能流传后世并妇孺皆知的，并不多。因为，这门坎真的很高啦。苏轼学问大，他说黄庭坚的诗像珍贵的美味，但格韵太高了，吃多了会让人消化不了。

他在书法方面，成就也很高，和苏轼、米芾、蔡襄一起并称"宋四家"，要知道中国古代能够"成名成家"的人，并不多呀。

黄庭坚和苏轼经常一起探讨技艺，有时还不忘相互打趣。有一次，他们二人讨论书法。苏轼说，鲁直兄啊，你的字写得清雅遒劲，但笔势有时太瘦了，好像挂在树上的蛇。黄庭坚说，您的字我不敢随便评论，只是觉得字形太扁，也很像石头下面压着的蛤蟆啊。两人相视，都捧腹大笑。

与苏轼一样，黄庭坚也是少年天才，聪颖过人。但天才偏偏也很勤奋，他自小学习刻苦，博览群书，三教经典和小说杂书无所不读，而且读诵几遍就能牢记不忘。他的舅父李常时时到他家中来，随便从书架上取下一本书来考问，他都能对答如流。从这里可以看出，他打下了坚实的童子功，学识储藏极为丰富。要知道，江西诗派的诗就是以学问为基础的，那些大量运用的典故，哪个背后不藏着丰富的知识呢？

他的为人，也很特别

说他可以和苏轼比肩，不但在诗文书画这些才艺方面，在为人方面，他与苏轼也有相似之处。

他和苏轼一样，因党争而仕途起起伏伏，调到这儿，又调到那儿。他虽属旧党，但对王安石为首的新党提出的变法意见，也并不是不问青红皂白，全盘否定。

他和苏轼一样，无论遭受怎样的挫折，无论被贬官到哪里，总是能保持乐观的心态。在实在无法开解的情况下，他就参禅礼佛，慢慢学会调理自己的心绪，让自己的心安定下来。而不是像前面提到的秦观一样，因为被贬，困在愁苦的情绪里一直出不来，最后带着遗恨离世。

我们可以从他几次被贬时所写的词来看看他的心态，先看看这首《定风波·次高左藏使君韵》：

万里黔中一漏天，屋居终日似乘船。及至重阳天也霁，催醉，鬼门关外蜀江前。

莫笑老翁犹气岸，君看，几人黄菊上华颠？戏马台南追两谢，驰射，风流犹拍古人肩。

这首词作于宋哲宗绍圣四年（1097年），时黄庭坚因"宋史实录"，被人构陷，被贬为涪州（今四川涪陵）别驾，黔州（今四川彭水）安置。高左藏，指高羽，时新任黔州太守。高左藏于重阳日宴集僚属，黄庭坚便在宴上写了这首词。

词一开篇，风雨如晦的天气扑面而来。这感觉，是实写自然环境还是虚写人生风雨？对身处贬所、远离朝廷的人来说，心理感受肯定好不到哪里去。接着，他笔锋一转，重阳佳节到了，雨霁天晴，他心情大好，意欲开怀畅饮，不醉不归，在鬼门关外蜀江前。从党争中挣扎出来，何异于走了一趟鬼门关？

不要笑话我老夫聊发少年狂，头簪黄菊，鹤发红颜。作为翰墨场上的老手，我还要像当年的谢瞻、谢灵运那样，留名文场。将文人雅集、一逞文采喻为驰射，将追摹前贤雅意喻为拍古人肩，这种傲岸和豪气，真的很让人来精神。

后来，他又被列入"元祐党人碑"的名单，再次被贬宜州。此时他已经年过六十了。在宜州，他写了这首《清平乐》：

春归何处？寂寞无行路。若有人知春去处，唤取归来同住。
春无踪迹谁知？除非问取黄鹂。百啭无人能解，因风飞过蔷薇。

词写得清俊极了，甚至还带有一点点天真，被选进了小学课本。词一开始就问，春天到哪里去了呢？四处找不到它的脚印，如果有人知道了它的消息，就喊它回来同我们一起住吧。这简直是把春天比拟成一个可爱的小伙伴了。

可是没有人知道春天的踪迹，还是问问黄鹂吧。结果黄鹂的婉转啼叫，偏偏无人听得懂。结果，它乘着风势，飞过了盛开的蔷薇。词人居然想问黄鹂，这也真是天真得没法比。黄鹂不解人意，飞走了。但我们读了，却被深深吸引住了。蔷薇是春末夏初的花了，从这里我们可以读懂诗人寻春、惜春的心理了。

你看看，这像一个六十多岁、身处贬谪之境的老者吗？这简直是一个追求美、追求光明的天真孩童啦。

陆游在《老学庵笔记》里说黄庭坚晚年住在宜州狭小的城楼上，一天秋雨淅沥而天气小热，微醉的黄庭坚坐在胡床上，把脚从栏杆间伸到户外淋雨，并对身边的朋友范寥说："吾平生无此快也。"不久便溘然长逝。就连死，他都死得这么心平气和，这么特别。

哦，忘了告诉你，黄庭坚还是一个有名的大孝子。二十四孝里"涤亲溺器"这个故事的主人公便是他。

他自小侍奉母亲极真诚，每天亲自倾倒并清洗母亲用过的马桶，数十年如一日。后来他身为朝中官员，家中仆从很多，他依然侍奉如常，亲自为母亲倒洗马桶。有人大不解问他，他说，侍奉母亲是人子的人伦常情，和身份地位没有关系。而且，孝是出自内心的真诚，并不会因为别人怎么看就发生改变。

所以苏东坡赞叹他"瑰伟之文，妙绝当世；孝友之行，追配古人"。这个评价很精当。

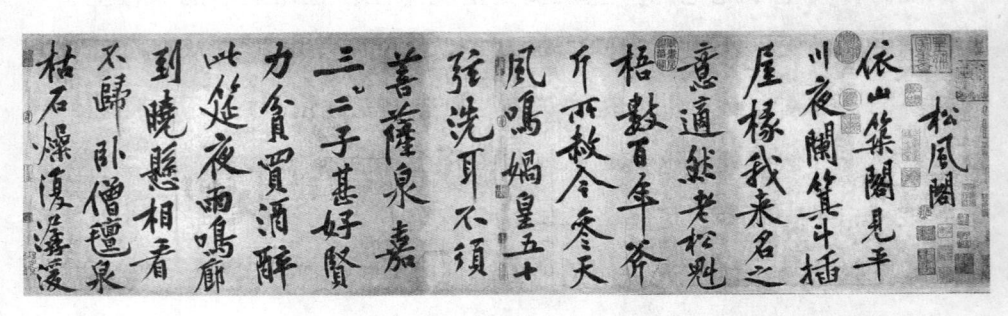

松风阁

依山築閣見平／川夜闌箕斗插／屋椽我來名之／意適然老松魁／梧數百年斧／斤所赦今參天／風鳴媧皇五十／絃洗耳不須／菩薩泉嘉／二三子甚好賢／力貪買酒醉／此筵夜雨鳴廊／到曉懸相看／不歸臥僧氈／枯石燥複潺湲

黄庭坚书《松风阁》

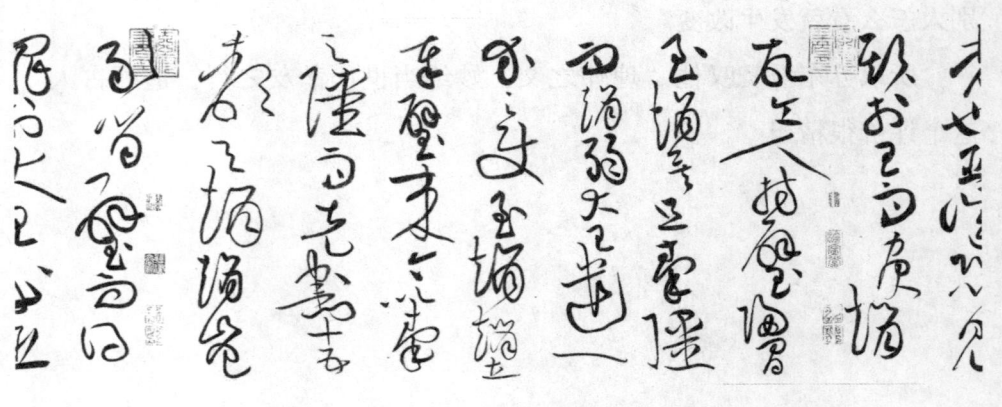

黄庭坚书《松风阁》

秦观：

山抹微云秦学士

秦 观（1049—1100）

姓　名： 秦观

字　号： 字少游，号淮海居士

别　称： 山抹微云君

代表作： 《鹊桥仙》（纤云弄巧）、《满庭芳》（山抹微云）、《踏莎行》（雾失楼台）

荣　誉： 与黄庭坚、晁补之、张耒合称"苏门四学士"

画　像： 古之伤心人

他是苏轼最喜欢的学生

秦观的老家在江苏高邮,他十五岁时父亲去世。和天下所有士子一样,他自幼勤读诗书,尤其是兵法,以期科举高中,走上那条人人向往的金光大道。在读万卷书的同时,也行千里路,漫游湖州、杭州、润州各地。

熙宁十年(1078),苏轼自密州移知徐州,秦观前往拜谒,写诗道:"我独不愿万户侯,惟愿一识苏徐州。"从此拜在苏轼门下,成为"苏门四学士"(另三位是文学家黄庭坚、晁补之和张耒)之一。并于此年第一次参加科考,自视甚高的他得知落榜后,几乎一病不起。元丰五年(1082),第二次科考,又落第。对一个工于诗又喜欢读兵书的人来说,考策论可能确实不是他的长处。苏轼为之抱屈,并写信予以劝勉。元丰七年(1084年),苏轼路经江宁时,向已经罢相的王安石力荐秦观说:"愿公少借齿牙,使增重于世。"在两位文坛前辈的揄扬之下,秦观痛定思痛,于1085年第三次赴考终于得中进士。此时苏东坡因旧党司马光上台而备极荣耀,秦观也被委任为秘书省正字。

秦观词的风格,属于北宋词的婉约词派。不少人认为他是婉约词派的代表。他的词经常能别出新意,道前人所未道。例如,自从汉代有了牛郎织女的神话以来,历代写了大量有关的诗词,其中虽然不乏佳作,但秦观写的《鹊桥仙》可谓独树一帜。

纤云弄巧,飞星传恨,银汉迢迢暗度。金风玉露一相逢,便胜却人间无数。

柔情似水，佳期如梦，忍顾鹊桥归路。两情若是久长时，又岂在朝朝暮暮。

《鹊桥仙》这个词牌，来源于欧阳修的词《鹊桥仙》中的一句"鹊迎桥路接天津"，这个词牌原是专咏有关牛郎织女七夕相会之事，只是后来发展到词的内容与之无关了。因为这首词中有"金风玉露一相逢"句，故此词牌又名《金风玉露相逢曲》。

这首词一扫七夕词的悲伤基调，喊出了"两情若是久长时，又岂在朝朝暮暮"这样积极的宣言，这二句词千古流传，至今还被人信手拈来，时时引用。

还有一次，秦观从会稽到开封，见到了苏轼。苏轼说："分别以来，你的文章写得更好了，近来首都广泛地传唱你的'山抹微云'的词。"秦连声说不敢当。苏轼又问他说："可没想到自从分别以后，你却学柳七作词。"秦观答道："我虽然没有学问，也不至于学他。"苏轼说："'销魂，当此际'不就是柳七的言语吗？"秦观这下没话说了，只好服气。

柳永的词在当时广为流传，却又被正人君子看不起，连苏轼这样坦荡可爱的君子也未能免俗啊，他教导自己的弟子不要像柳七学习。

来看看苏轼说的这首《满庭芳》：

山抹微云，天粘衰草，画角声断谯门。暂停征棹，聊共引离尊。多少蓬莱旧事，空回首、烟霭纷纷。斜阳外，寒鸦万点，流水绕孤村。

销魂，当此际，香囊暗解，罗带轻分。谩赢得、青楼薄幸名存。此去何时见也，襟袖上、空惹啼痕。伤情处，高城望断，灯火已黄昏。

在这首《满庭芳》中，用了几个典故："蓬莱旧事"中蓬莱指蓬莱山，是传说中的海外仙山；"旧事"是欢乐的往事；"青楼薄幸名"用的是唐代诗人杜牧的诗句"十年一觉扬州梦，赢得青楼薄幸名"；"寒鸦万点，流水绕孤村"句，用的隋炀帝的诗句。但前人的诗句被秦观巧妙地融入自己的词中，一点也不违和。

前人认为，秦观的这首《满庭芳》中，"山抹微云"的"抹"字和"天粘衰草"的"粘"字，用得非常奇妙。由于词人别出新意用了这两个字，使深秋景色像一幅画似的映在读者眼前。苏轼就非常欣赏这两句，曾戏称"山抹微云秦学士，露花倒影柳屯田"。看来，苏轼内心里多多少少还是认可这个柳屯田的，不然，怎么会把自己得意的弟子与这个柳永相提并论呢？

这首词的影响很大，可以算得上秦观的代表作。秦观的女婿范温，为人老成持重，不苟言笑，在歌宴舞席上，有时始终一言不发。一次他到某贵官家中参加宴会，贵官家有歌女特别爱唱秦观的词，在宴席上唱了好几首。到客人们喝得半醉时，歌女见范温总也不说话，便和他开玩笑说："你懂得词曲吗？"范温起来回答说："我就是'山抹微云'女婿。"旁边的人听后，无不大笑。

一次，一个文人酒席间饮至半醉，击节唱道："山抹微云，天粘衰草，画角声断斜阳……"他旁边的一个伶人道："乃谯门，非斜阳也。"从这段野史中可见秦观在当时女歌伎当中受欢迎的程度。不错，他就是当时一代青楼女子心中的偶像。因为秦观长得儒雅清秀，有着做风流才子的仪容。因为秦观词名够大，适合歌女自抬身价的需求。

古之伤心人

北宋神宗即位后，任用王安石变法。当时朝廷大多数老臣都反对，形成以司马光为首的反变法派，称作旧党，而以王安石为首推行新法的大臣，称作新党。新旧党开始是政见不同，后来发展成争夺权力的派系斗争。一派上台，就将另一派不分好坏全都降职外调，清除个干净。

公元1085年，宋神宗病逝，高太后重新起用旧党，召回司马光执政。一些反对或不同意新法，因而曾被贬官在外的文学家如苏轼、秦观、黄庭坚等人，都调回首都开封任职。八年之后，太皇太后高氏去世，宋哲宗亲自掌握朝政，改年号为绍圣。他们又重新重用新党，并将元祐年间的一些大臣统统降职外调，苏轼被贬到惠州（今广东惠州），黄庭坚被贬到黔州（今四川彭水），秦观则被贬为监处州（今浙江丽水）酒税的小官。

秦观在政治上遭此严重打击，心情十分忧郁悲伤，愁思难解，在此情况下写下了词《千秋岁》：

　　水边沙外，城郭春寒退。花影乱，莺声碎。飘零疏酒盏，离别宽衣带。人不见，碧云暮合空相对。
　　忆昔西池会，鹓鹭同飞盖。携手处，今谁在？日边清梦断，镜里朱颜改。春去也！飞红万点愁如海。

词中的"西池"，指北宋首都开封顺天门外的金明池，这是当时的游览胜地。池周长约九里，南岸有临水殿，皇帝常在此观赏赐宴。池中心有五殿，建筑陈设十分华丽，允许人们任意游赏。金明池附近有大量的摊贩及各种娱乐场所，是极热闹的地方。"鹓鹭"是两种鸟，它们飞时排列有序，古诗词中常用以代表朝中官员。

据说当时的一位大官曾布在见到这首《千秋岁》时说："秦七必不久于人世，岂有愁如海而可存乎？"秦观排行第七，故称秦七。

这首词是秦观被贬官到藤州（今广西藤县）时所作。当时他心情很悲凄，在路过衡阳时，旧交孔平仲在衡阳任职，便留秦观在衡阳小住，殷勤款待。一天，在太守官邸喝酒，秦观写了这首《千秋岁》词。孔平仲在读到"镜里朱颜改"时，大吃一惊说："少游！您正在壮年（秦观刚五十岁左右），为何言语如此悲怆！"于是按秦词的原韵，和作了一首《千秋岁》，想以此解除秦的愁思。几天之后，秦观告别，孔平仲送他到城郊，并且长时间劝慰。回来后孔平仲和他的亲人说："秦少游神气外貌和平时大不相同，看来不久于人世了！"没多久秦观果然去世。

宋哲宗绍圣四年（1097年）五月，六十二岁的苏轼由惠州被再次贬到儋耳（今海南儋县）。他的侄孙苏元老收到一位赵秀才从开封捎来的信，信中抄寄来秦观的《千秋岁》词及孔平仲的和作。苏轼读后，深为秦观词中悲凄的情调所感动，他也感觉这个弟子太过伤心，可能命不久矣。

宋哲宗绍圣三年（1096年），秦观由处州监酒税官再一次被贬到郴州，这时秦观已四十九岁了，心情更加忧伤。到郴州第二年，秦观写了下面这首悲凄的《踏莎行》：

　　雾失楼台，月迷津渡。桃源望断无寻处。可堪孤馆闭春寒，杜鹃声里斜阳暮。
　　驿寄梅花，鱼传尺素。砌成此恨无重数。郴江幸自绕郴山，为谁流下潇湘去。

在这首《踏莎行》中，用了两个典故。一是"驿寄梅花"，指南朝宋时，陆凯与范晔是好友，陆凯自江南寄梅花一枝给在长安的范晔，并赠他诗一首："折梅逢驿使，寄与陇头人。江南无所有，聊赠一枝春。"故"驿寄梅花"即朋友来信之意。二是"鱼传尺素"，尺素为长约一尺的生绢，古人用来写信。古乐府诗《饮马长城窟》中有这样一段："客从远方来，遗我双鲤鱼。呼儿烹鲤鱼，中有尺素书。"诗中的鲤鱼不是真鱼，是刻成鲤鱼形的两块木板，一底一盖，将书信夹在里面。也有的解释说是将用绢写的书信结成鱼形。由此可知"鱼传尺素"也是指亲友来信之意。

此词的最后两句，寓意宛转。实际上是说自己被贬在郴州，何时能得到赦免归去呢？郴江水北流入湘江，正是归路所必经，但自己却有罪在身，是不能归去的，那么郴江啊，你又是为谁北流入湘江呢！苏轼因为有着与秦观相同的遭遇，而且被贬到了更边远荒凉的地方，因此，他特别为秦观《踏莎行》词中的最后两句所感动，亲自将它写在自己的扇子上。

苏轼最喜欢"郴江幸自绕郴山，为谁流下潇湘去"，当秦少游死于藤州时，他说："少游已矣，虽万人何赎。"

有时候，秦观像李煜一样沉于醉乡，以求暂时的解脱。看看这首《醉乡春》：

唤起一声人悄。衾冷梦寒窗晓。瘴雨过，海棠晴，春色又添多少。

社瓮酿成微笑。半缺瘿瓢共舀。觉健倒，急投床，醉乡广大人间小。

这首词写于他从郴州再迁往横州的途中。在老书生家醉宿一夜之后，被人轻轻唤醒，看看窗外，天色已经大亮，海棠花经雨后也悄然绽放，为春色又添几分温暖。他有些迷糊，我这是在哪里？哦，昨夜路过此地，老书生用刚酿成的春社酒热情邀他共饮，直到醉倒投床，大睡一场。在表面的旷达背后流露的是更深的绝望，他只能靠酒的麻醉才能获得片刻的安宁和快乐。

据说，秦观死前，说自己渴了，让家人给他打点水来。当家人将水打来，叫醒靠在树下的秦观时，他睁开眼睛，笑了笑，逝去。

接二连三的贬谪来了，人生中的嶙峋渐次展开，这是一个考验意志的时刻。如果你没有强大的意志和它死磕，就得学会放下。秦观没有苏轼的那种旷达，最终死在贬谪之所，而苏轼却守得云开见月明，最终从海南走了出来。

西园雅集图　南宋·马元

李清照：千古第一才女

李清照（1084—1155）

姓　名：李清照

字　号：号易安居士

代表作：《渔家傲》（天接云涛连晓雾）、《点绛唇》（蹴罢秋千）、《声声慢》（寻寻觅觅）

荣　誉："千古第一才女"，与辛弃疾并称"济南二安"

画　像：写最美的词、喝最烈的酒、撕最渣的人

自由无拘的少女

李清照是光芒万丈的女词人，不但是在宋代，就是放在整个中国文学史上，她也是第一才女。

李清照是山东历城人，故居在济南市趵突泉公园附近，公园里有漱玉泉，李清照的词集《漱玉集》，即据此泉而得名。

她出生在一个官宦之家，生活安适，自由无拘。父亲李格非是后苏门四学士之一，对她的约束比较少，母亲也是知书善文的女子，在这种家庭环境里成长起来的李清照，很早便以词才惊世。

在赴汴京以前，她生活在历城。这里见证了她作为少女时的欢快明丽的生活。这些从她早期的一些词作中可以看到，比如这首《如梦令》：

> 常记溪亭日暮，沉醉不知归路。兴尽晚回舟，误入藕花深处。争渡，争渡，惊起一滩鸥鹭。

溪亭是一个泉名，在今天山东的大明湖附近。这里一到夏天，荷花盛开，引来无数市民前去观赏。少女时代的李清照也很贪玩，这首词写的就是她与伙伴们出去游玩的经历。溪亭的景致实在是太美了，让她和伙伴沉醉在其中，天快黑了都不知不觉。为了赶回家，她和小伙伴慌不择路，误入藕花深处，你追我赶的，惊起了荷塘中的鸥鹭。少女的天真与快乐，洋溢在这首词中。

当然，少女的心思是敏感的，有时也会有些小小的情绪或感伤，比如另一首《如梦令》：

昨夜雨疏风骤，浓睡不消残酒。试问卷帘人，却道海棠依旧。知否？知否？应是绿肥红瘦。

昨夜晚风一阵紧似一阵地刮，大雨点稀疏地落下。一夜酣睡，醒来醉意还没有完全消失。早上问那卷帘子的侍女，院子里花儿怎么样？回答说海棠依旧在开着。"你知道吗？知道吗？应该是叶儿更加繁茂，而花儿却稀少了。"

这首词看起来很短，但一问一答之间，隐含着女主人公波动的心理情绪，像一幕短剧。有人评价说它"短幅中藏无数曲折"，试着体会一下，到底藏了哪些曲折呢？还有"绿肥红瘦"四个字，也是神来之笔，不仅写出了风雨之后花叶的变化，而且传达了词人含蓄在内心中的春愁。

古代的女子，生活空间主要在闺中。弹弹琴，荡荡秋千。有时伤感的少女瑶琴也不理了，秋千又被黄昏的雨淋湿，就连往日里爱玩的斗草，也了无兴趣。倚在闺阁内，或无语登楼，或重帘不卷，做一个缥缈怅然的梦。

到汴京后，她的眼界开阔了。据说，她不但词写得好，诗也了得。她看到了张耒《读中兴碑》一诗，心灵激荡，提笔和诗二首，诗写得很大气。诗中她哀叹英雄失路，她憎厌奸小当权，她直指文字纪功是虚无的，公道天理，自在人心。笔锋犀利，直指上层统治者之七寸。其胸襟与见识，远远不是一个寻常的女孩子所具备的。大儒朱熹见此啧啧称奇说："如此等语，岂女子所能？"

那时，她仅仅只有十六七岁，像一颗冉冉升起的新星。

举案齐眉的夫妻佳话

李清照十八岁时，与宰相赵挺之之子赵明诚结婚。她很幸运，赵明诚有学识，又喜欢诗词，夫妇二人，既是知音，又伉俪情深，这对古代女子来说，实在是难得的。

据说赵明诚幼年时，曾梦见一本奇书，醒来时却只记得三句："言与司合，安上已脱，芝芙草拔。"他不解，问父亲赵挺之。父亲笑笑说："言与司合不是个词字吗？安上脱去宝盖就成了女字。芝芙拔去了草便是之夫二字，你这孩子将来定是词女之夫。"后来也正是如此。

他们一样淡泊，一样爱好金石古玩等风雅之事。她的幸福，就是和赵明诚携手走进大相国寺，偶遇一分惊喜。在落日的余晖下，捧着如获至宝的文物，一起走向那个叫家的地方。在温暖的烛光下，相对展玩考辨，不知不觉天都亮了，而他们还乐在其中。

当然，他们不可能总是在一起。婚后不久，丈夫赵明诚就出了远门。到了这年的重阳节，李清照写了一首充满相思之情的词《醉花阴》，寄给了丈夫。

> 薄雾浓云愁永昼，瑞脑消金兽。佳节又重阳，玉枕纱厨，半夜凉初透。
>
> 东篱把酒黄昏后，有暗香盈袖。莫道不消魂，帘卷西风，人比黄花瘦。

赵明诚看到这首《醉花阴》后，非常赞赏，自愧写词的才能不如妻子，却又想一定要胜过她。于是闭门苦思，废寝忘食，写了三天三夜，写了十五首同调的词（有人说是五十首）。然后将李清照的这首《醉花阴》也混在其中，送给好友陆德夫品评。陆德夫再三吟赏，最后说，我看只有"莫道不消魂，帘卷西风，人比黄花瘦"三句最好。至此，赵明诚也不得不心悦诚服了。

瑞脑是一种名香，宋人有燃香的习惯。金兽，是香炉的代称，古时香炉的盖子上往往雕有狮子像。这首词中被陆德夫认为最好的三句，好在哪里呢？"帘卷西风"，正常语序应该是"西风卷帘"，这样一倒，是不是很新颖？"人比黄花瘦"，一般人会用花来比人，李清照偏用人来比花，说人比重阳的菊花还要瘦，用语实在不凡！

宋朝党争激烈，蔡京与李清照的公爹赵挺之之间的矛盾也日益浮出水面。

大观元年（1107年），蔡京被复相。同年三月，赵挺之被罢相。此次被罢相后，赵挺之没能像前一次一样，东山再起。回家五天后，他就病逝了。赵挺之一死，其亲属及在京者被捕入狱，赵家的灾难来临。直至七月，因查无事实，狱罢。

赵氏兄弟三人皆被罢职免官，遣回山东青州闲居。

李清照随着夫君赵明诚，开始了他们青州屏居的生活。

在这里，少了纷繁扰攘的人事干扰，他们乐得在自己的天地里，做着自己愿意做的千秋事业——那便是研究整理《金石录》。

李清照专门给青州的居所取名"归来堂"，并自号易安居士。以陶渊明的"倚南窗以寄傲，审容膝之易安"自勉，意欲做个不慕名利的淡泊之人。

每次吃罢饭，她和丈夫一边喝着茶，一边指着书，让对方说出某事在某书和某卷、某页，猜中了，可以喝茶。但因为高兴，茶杯不小心被打翻了，反而喝不成了，夫妇俩却乐得像个孩子。

这样的日子，真是神仙眷侣也比不上啊。

漂泊流离的悲凉晚年

1127年靖康之难,北宋灭亡,赵构建南宋,宋宗室南渡。李清照只得追随皇帝逃亡的方向,也来到建康。她和丈夫花费半生心血收藏的古书和金石文物,几乎全部毁在了战火中。唯独那本他们花费了近二十万钱从东京买来的《神妙帖》,被李清照携带着。在途经镇江时,遇强盗抢掠,却再次幸免。他们不得不感叹"神工妙翰,有物护持也"。

目睹大宋河山沦陷,李清照作为一介女流,特别希望国人有气节。偏偏这个时候,丈夫赵明诚为了保命而失了气节。赵明诚任江宁知府期间,有人图谋不轨,发动叛乱。当时赵明诚虽即将调任湖州知州,但人仍在江宁府。危急时刻,他选择了事不关己,甚至在叛乱发生之际,生死危急关头,从城墙上吊下一根绳子,逃命去了。

1129年,李清照经过和县乌江——楚霸王兵败自刎处。看着仓皇南逃的南宋君臣,她写下《夏日绝句》:

生当作人杰,死亦为鬼雄。
至今思项羽,不肯过江东。

活着,就要活出一点精神,成为人中之杰。死,也要死得慷慨,即便做鬼,也要做鬼中之雄。直到今天,我还深深理解项羽,宁可乌江自刎,也不忍辱偷生,灰溜溜地逃到江东。

她一反前人"包羞忍耻是男儿"的论调,称赞项羽宁死而不肯过江东的慷慨气节,清艳而又刚烈。有人说,写这首诗是因为她对丈夫失节一事，耿耿于怀。很难想象，如果李清照不是一个女人，她会有怎样的惊人之举呢？

这一年，赵明诚被任命为湖州（今浙江吴兴）知府，在到任之前，赵明诚急于去建康朝见宋高宗，因此一个人先走了。那天是六月十三日。赵明诚将行李搬到岸上，坐在岸边。身穿夏日的粗布葛衣，头戴便巾，露出前额，显得精神奕奕的样子。看上去，像猛虎一样富有生气，目光灼灼逼人。看着船中的她，与她告别。

当时她的心里交织着慌乱、恐惧、不舍，情绪甚恶，忍不住对他喊道："如果池阳城中再遇到什么不测或紧急状况，我该怎么办？"明诚遥指着她说："随着众人逃吧。万一遇到不得已的紧急情况，你就先扔掉那些重的包裹行李；再不行，就是衣服和被褥；还不行，就扔掉一般的书籍卷轴；最终无法，就扔掉古董器物。只有祖宗的牌位等宗室器物，你千万不可丢弃，自可抱着它，与它们共存亡，同生死。切切不可忘记。"说完这番话，他便急急上马，飞奔而去。

当时正是酷热的三伏天，赵明诚到建康不久，就患了疟疾。李清照闻信后，乘船一昼夜赶到建康，谁知赵已病危，几天之后就去世了。对于四十五岁的李清照，这真是极其沉重的打击。本来国亡家破，已经是够悲痛的了，现在又加上丈夫去世，只剩下孤苦伶仃一个人流落在江南。由于金兵不断南侵，经过几年的辗转逃难，宋高宗定都临安（今浙江杭州），不久李清照也来到临安定居。

自己身在病中，处境堪怜。绝境当中的人，往往很脆弱，任何一点好都会被他们视为救命稻草。她听信了张汝舟的巧言迷惑，与他缔结了婚约。事后才知道，张汝舟不仅在学识、情趣上与赵明诚无法相比，更是一个无德的小人。他哪里是同情自己，真心相惜，只是看中了她手中所剩不多的文物。得知真相，她只求速去，他恼羞成怒，甚至对李清照拳打脚踢！她的个性是决绝刚烈的，哪怕是背着道德败坏、千夫所指的骂名，也不愿苟且，不愿忍气吞声，她要与他决裂。张汝舟不从，万般无奈之下，她只能借助诉讼离婚。按宋代律法，妻子告丈夫，即便丈夫有罪，妻子也要坐牢两年。她清楚知道这一点，却依然选择离开此人。

经历了国亡家破、改嫁风波，晚年的李清照心境很悲凉。但更悲凉的是，她看着临安的君臣，忘了国恨家仇，"只把杭州作汴州"，而她心中的故国梦是一直都在的。

一年元宵节，李清照的一些朋友约她去观灯，可她由于心情悲凉，婉言谢绝了。她写了一首词《永遇乐》，来记述自己当时的心情和对往日元宵乐事的怀念。

> 落日镕金，暮云合璧。人在何处？染柳烟浓，吹梅笛怨，春意知几许？元宵佳节，融和天气，次第岂无风雨。来相召，香车宝马，谢他酒朋诗侣。
>
> 中州盛日，闺门多暇，记得偏重三五。铺翠冠儿，撚金雪柳，簇带争济楚。如今憔悴，风鬟霜鬓，怕见夜间出去。不如向帘儿底下，听人笑语。

这首词，还透露出宋朝的一些民俗及市民生活的一角。从中可见，宋代已经取消了禁夜令。唐代宵禁严格，晚唐大名鼎鼎的风流诗人温庭筠因为犯宵禁，还被守城人打掉了牙呢。宋代却是坊市合一，宋代的汴京和杭州，是名副其实的不夜城。从李清照这首词中，可以看见元宵夜市的热闹繁华。

还有一首《声声慢》，写得更是凄切：

寻寻觅觅，冷冷清清，凄凄惨惨戚戚。乍暖还寒时候，最难将息。三杯两盏淡酒，怎敌他、晚来风急！雁过也，正伤心，却是旧时相识。

　　满地黄花堆积，憔悴损，如今有谁堪摘？守着窗儿，独自怎生得黑！梧桐更兼细雨，到黄昏、点点滴滴。这次第，怎一个愁字了得！

　　这首词是一首慢曲，余音袅袅，欲断还续。尤其是一开始的十四个叠字，像急管繁弦，从动作到心理，都写得很绝！这个超级叠加，不是一般人能做到的，由此可见她的创新与大胆，说她是宋代词坛的一代宗师也不为过。

　　她继续完善整理《金石录》。金石文物虽大部分遗失在战火中，对《金石录》的校勘整理仍在继续。早年赵明诚完成《金石录》后，曾请人写序。1134年，李清照在杭州作《〈金石录〉后序》，这篇后序的影响力远远超过了《金石录》本身，流传千古。

陈与义和张元幹：历史巨变中个人的选择

陈与义（1090—1139）

姓　名： 陈与义

字　号： 字去非，号简斋

代表作：《牡丹》《临江仙》（忆昔午桥桥上饮）

荣　誉： 黄庭坚、陈师道、陈与义并称江西诗派"三宗"

张元幹（1091—1161）

姓　名： 张元幹

字　号： 字仲宗，号芦川居士

代表作：《石州慢》（雨急云飞）、《贺新郎》（梦绕神州路）

画　像： 爱国词人

陈与义：一首隽词悟人生

宋朝，无论是北宋或南宋，都是所谓"积弱"的朝代。除北宋开国初期的短暂时间外，政治几乎没有较长期地开明过，因而国力衰弱，一直是北方强大邻国欺凌掠夺的对象。开始是辽和西夏，随后是金。北宋王朝就是在金兵攻陷首都开封后而灭亡的。北宋灭亡后，在长江以南建立起南宋，南宋在金的武力威胁下，皇帝向金称臣，年年贡献大批金银丝绢，受尽了金国的欺凌羞辱。金衰亡后，接着是更强大的敌人蒙古族，最后南宋终于被蒙古族建立的元王朝所灭。

北宋钦宗靖康元年（1126年），金兵攻陷开封，次年，掳宋徽宗、宋钦宗二帝北去，北宋亡。历史称这次事变为"靖康之难"。

靖康之难时，从中原以及首都开封逃到江南来的许多文人学士，大多受尽了流离之苦，甚至有着家破人亡的悲惨遭遇。因此，他们在江南自然会经常怀念当年在北方的欢乐悠闲的生活，抚今感昔，不堪回首。这些思想感情，必然会注入他们的一些诗词中。

诗人陈与义，宋徽宗时在开封任职。靖康之难时，他逃到今湖北、湖南、广东一带。在听说宋高宗建立偏安江南的小朝廷后，又北上经福建到达当时朝廷所在地绍兴府。这时，离北宋灭亡已四五年了。陈与义多年在旅途中，饱历艰辛。到达宋高宗的行在后，回忆起自己二十三岁以前在洛阳时无拘无束的青年时代，不胜今昔之感。下面这首《临江仙》，就是在这种心情下的作品。

忆昔午桥桥上饮，座中多是豪英。长沟流月去无声，杏花疏影里，吹笛到天明。

二十余年如一梦，此身虽在堪惊！闲登小阁看新晴，古今多少事，渔唱起三更。

作者怀念在宋徽宗政和三年（1113年）中进士以前，在洛阳的悠闲生活；感叹北宋灭亡后，一切都成了过眼云烟，往事只能供人们编成渔歌传唱了。词的第三句是写月夜江上景色，开阔而恬静，前人认为可与杜甫的名句"月涌大江流"相比。

这首词中，作者回忆了他二十余年如一梦的生活，充满了沧桑空幻感。

其实，和其他南渡诗人比起来，他在南宋依然受到了高宗的青睐，官至参政知事，成为南渡诗人中仕途最为显达的人。

南宋的小朝廷分为主战、主和两派，靖康之难之际，陈与义目睹家国之难，也曾主战。但他深知南宋小皇帝偏安一隅的心理，也因久历官场消磨了锐气，当高宗问他主战还是主和时，他说，要是议和能够成功，不是比用兵更好？

但越是到晚年，在官场待得越久，他越是不适，最终主动请求归隐。上面这首《临江仙》是他看透了世事无常，看透了人生如梦之后的生命感悟。

张元幹：从未冷却的激情

宋室南渡后，一些词人选择了安于南宋小朝廷，慢慢冷却了收复失地的热情。但张元幹却不一样，他自始至终，是坚定的主战派，光复宋室的激情，无论遇到了什么样的挫败，从没有冷却过。

张元幹出生于福建永福县一个仕宦家庭里。十四五岁时便与"座客赓唱"，显示出惊人的才华。后随父亲到繁华的汴京，入太学。二十岁左右到江西南昌，与江西诗派成员结成诗社，纵情诗酒，才华毕露，但他并不以雕虫小技的笔杆子为傲，他的抱负在于慷慨议政，谈笑从军。

进入仕途后，他遵从内心的从军梦，直接选择了跟随主战派李纲。自此后，他的升沉起浮与李纲的失势与得势同频共振。靖康之变的消息传来后，他悲愤难抑，满以为南渡后的小朝廷会振奋起来，却不料是更奴颜婢膝地求和。1127年8月，金兵一路南下，攻下杭州、越州、明州，高宗闻风逃窜，直到定海登舟。张元幹也追随着皇帝逃窜的方向，一路到了湖州。是年秋，他写下了《石州慢》：

> 雨急云飞，惊散暮鸦，微弄凉月。谁家疏柳低迷，几点流萤明灭。夜帆风驶，满湖烟水苍茫，菰蒲零乱秋声咽。梦断酒醒时，倚危樯清绝。
>
> 心折。长庚光怒，群盗纵横，逆胡猖獗。欲挽天河，一洗中原膏血。两宫何处？塞垣只隔长江，唾壶空击悲歌缺。万里想龙沙，泣孤臣吴越。

词中说，我要引来天河里的洪流，冲洗干净中原的血腥（意思是赶走敌人，收复中原。"挽天河"出自唐代诗人杜甫的名作《洗兵马》诗："安得壮士挽天河，净洗甲兵长不用。"词中乃反其意而用之）。徽钦二帝现在何处，敌人占领了江北，边界已到了长江边上。可我只能怀着满腔悲愤，白白地消磨时光。想起万里之外徽钦二帝被囚禁的地方（龙沙指沙漠，此处泛指塞外），使我这身在吴越的孤臣悲泣不已。

词中的"唾壶空击悲歌缺"句,用的是下面的典故:东晋时,大官僚王敦每逢酒后,就吟诵曹操的《龟虽寿》诗句:"老骥伏枥,志在千里,烈士暮年,壮心不已。"同时用铁如意敲打唾壶作节拍,壶口被全打缺了。

像他这样不会与世沉浮推移的人,总是郁郁不乐。后来,他毅然决然地辞官,回到家乡闲居。

两年之后,主战派胡铨被秦桧诬陷,押送新州编管。在秦桧的熏天气焰下,"一时士大夫畏罪钳舌,莫敢与立谈",平生亲党,避之唯恐不及。此时寓居在湖州的张元幹,却不顾个人安危,为他送别,并写下这首感慨同为天涯沦落人的《贺新郎·送胡邦衡侍制》。

梦绕神州路。怅秋风、连营画角,故宫离黍。底事昆仑倾砥柱,九地黄流乱注?聚万落千村狐兔。天意从来高难问,况人情、老易悲难诉。更南浦,送君去!

凉生岸柳催残暑。耿斜河、疏星淡月,断云微度。万里江山知何处?回首对床夜语。雁不到、书成谁与?目尽青天怀今古,肯儿曹、恩怨相尔汝?举大白,听《金缕》。

词里有他"梦绕神州路"的无悔痴心,有欲说还休、不知罪谁的无奈,"天意从来高难问,况人情、老易悲难诉"。有些事,大家心里都明白,却再不想也不能说出口了,决策者代表着天意,天意莫测,正如人心莫测,除了一声无奈的叹息外,我们又能做些什么,才能告慰不甘的灵魂?

几年之后,这首《贺新郎》传到秦桧耳中,气得他暴跳如雷。由于张元幹当时已经退休,于是秦桧利用手中的权力将张元幹除名,永远取消了他再出任官职的资格。

此后他又浪迹江湖，主要在苏州、吴越一带活动。六十七岁时，他举杖登上垂虹桥，万千感慨化为"洗尽人间尘土，扫去胸中冰炭，痛饮读《离骚》"的悲凉句子。

灞桥风雪图　清·黄慎

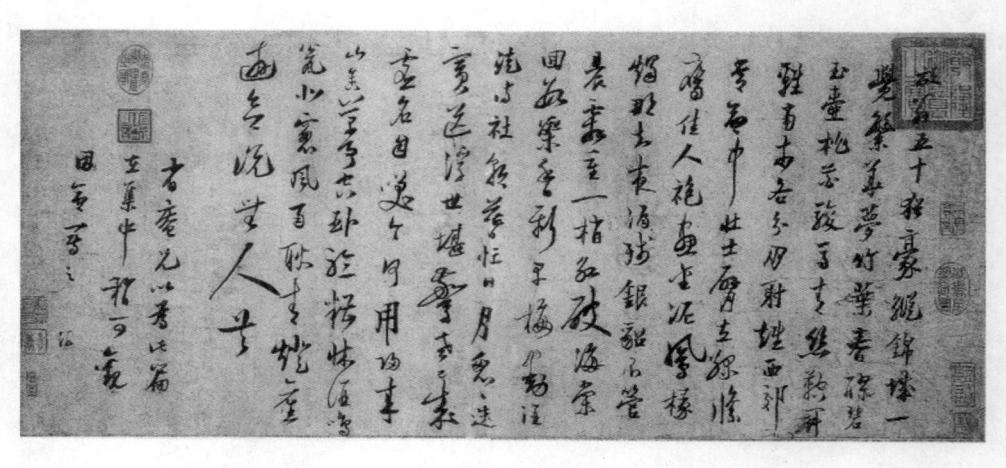

陆游书法

陆游：亘古男儿一放翁

陆　游（1125—1210）

姓　名： 陆游

字　号： 字务观，号放翁

荣　誉： 与范成大、杨万里、尤袤并称"中兴四大家"

代表作： 《游山西村》《十一月四日风雨大作》《卜算子·咏梅》

画　像： 爱国诗人，高产诗人

他这一生都做着收复中原的梦

陆游,字务观,号放翁,出生在宋徽宗宣和七年(1125年)。据说他母亲在生他之前,梦见了北宋词人秦少游,因而以少游的名字"观"为他的字,以"游"为他的名。陆游出生之时,宋金战乱不断,他自幼便立下抗击金人收复中原的志向,他这一生,也从没有放弃过这个梦想。

二十九岁时,他参加进士考试,省试中成绩优异,被取为第一,却因为名次排在秦桧之孙秦埙的前面,就硬被放在了最末一位,连主考官也险遭处分。第二年,他勉强参加了礼部试,也是名列前茅,又因"喜论恢复"被秦桧强行黜落。直到秦桧死后,他才得以出仕;而这时,他已经三十四岁了。

四十二岁时因"力主张浚用兵",被罢职。

五十二岁时,因北伐主张无法实现而常藉诗酒抒发郁懑,被指"不拘礼法,恃酒颓放",又被贬官。

王炎戍边,陆游有幸入幕,积极建言献策,这是他离自己从军梦想最近的一次,却不到半年,因王炎被召还京师而梦想破灭;他骑着一匹瘦驴,和着剑门微雨,不甘心地问着自己:"此身合是诗人未?"

六十六岁时,把抗金情志形诸歌咏,被人以"嘲咏风月"的罪名罢知州职。

此后一直退居家乡山阴,直至八十五岁去世。八十二岁时,力举韩侂胄"开禧北伐",几欲被起用,却因韩侂胄对形势的估计不足很快失败而告终。也有人因此而认为陆游有污点,因为韩的本意并不是北伐,而是借此作为沽名钓誉的手段。但陆游太想收复中原了,有这样一个人,他简直要不顾一切去追随，这也正好证明了他的热情非常人可比。

晚年他写了一首著名的《诉衷情》，词中依然在说他心中不死的梦和热情。

> 当年万里觅封侯，匹马戍梁州。关河梦断何处？尘暗旧貂裘。
> 胡未灭，鬓先秋，泪空流。此生谁料，心在天山，身老沧洲！

这首词作于他晚年闲居家乡山阴时，是他对自己一生境况的感慨与总结。他一生的境况是："心在天山，身老沧洲！"天山，在新疆境内，是汉唐时的边境，此处借指抗金前线；沧洲，即水边，是古时隐士隐居的地方，此处指陆游晚年闲居之地。这两句是说，自己的心一直是在烽火连天的抗金前线，而身却被抛置在与抗金前线遥不可及的水泽山乡中，并且就这样一天天地老死下去。

一直到临死之前，他想的还是"王师北定"，收复中原，看看他这首几乎称得上他的绝笔诗的《示儿》，这首诗写于1210年除夕之夜。

> 死去元知万事空，但悲不见九州同。
> 王师北定中原日，家祭无忘告乃翁。

这首诗算得上他的遗嘱。遗嘱一般是说很私人的事情，或是一些家事。陆游却不一样，他"但悲不见九州同"。当然，他提到了儿子的祭祀，只是这个祭祀的内容是：如果祖国江山一统，可别忘了告诉他。他真是将爱国进行到底，爱到了极致。所以朱自清先生称，在过去的诗人里，只有陆游才称得上真正的爱国诗人。

陆游的遗愿怎样了呢？在他去世后二十四年，金国衰落不堪，北方

《示儿》诗意图

新兴的蒙古与南宋联合,共同灭亡了金。

近代学者梁启超,在读了陆游的著作集以后,深为他的精神所感动,写了下面这首七绝《读陆放翁集》:

诗界千年靡靡风,兵魂销尽国魂空。
集中十九从军乐,亘古男儿一放翁。

"亘古男儿一放翁",梁启超的这个评价很精准。

沈园，解不开的心结

其实，陆游一生有两个专一：一个是收复中原的雄心，一个是对唐婉的感情；一个是事业，一个是情感。两者几乎占去了他生命的全部。

无论是深于情，还是忠于理想，他都没有半点掩饰，在诗中写了又写。他的心胸一定是够开阔的，他对世事的态度一定是够豁达的，为什么这样说呢？因为，在中国古代诗人当中，能够像陆游一样活到八十五岁的绝对是凤毛麟角，一个人能够长寿，我想对他而言有两点很重要，一是他有良好的心态，有了良好的心态才能有健康的身体。二是他有着执着的信念，人有了信念的支持，就能最大限度激发他生命的潜能。支撑着陆游的信念里面，肯定少不了上面的两个专一。

据南宋人的记载，陆游年轻时跟表妹唐婉结婚，婚后夫妻感情甚笃。唐氏侍奉公婆亦很孝顺，但陆游的母亲不喜欢她，一来是夫妻过于缠绵，影响了陆游的仕进，二是唐婉两年不育，最终二人被迫离分。后来唐氏改嫁，陆游也另娶，但两人深挚的感情无法割断，彼此都思念难舍。陆游一次春日出游，在绍兴禹迹寺南的沈园与唐氏相遇。唐氏送酒给陆游以致情意，陆游深为感动，回忆起昔日的感情，十分伤感，便在沈园的墙壁上写下了这首《钗头凤》词。

红酥手，黄縢酒，满城春色宫墙柳。东风恶，欢情薄，一怀愁绪，几年离索。错！错！错！

春如旧，人空瘦，泪痕红浥鲛绡透。桃花落，闲池阁。山盟虽在，锦书难托。莫！莫！莫！

唐婉也有和词，这里就不录了。

在陆游诗集中保存下来的跟沈园情事相关的诗作，据有人统计至少有十首之多，其沉痛和深挚的感情都能与《钗头凤》相对应和契合。

晚年他住在山阴县郊外镜湖畔的三山，每逢进城，一定要登上禹迹寺眺望，回忆当年与唐婉的往事，经常悲伤不已。宋宁宗庆元元年（1196年），七十二岁的陆游又来到沈园，见到景色和他与唐婉当年相逢时已大不相同，过去的亭台池水已不复见，当时摇曳多姿的垂柳，如今已老得都不会飞柳絮了。诗人感慨万分，写下了两首七绝《沈园》。

梦断香销四十年，沈园柳老不飞绵。
此身行作稽山土，犹吊遗踪一泫然。

城上斜阳画角哀，沈园非复旧池台。
伤心桥下春波绿，曾是惊鸿照影来。

物非人也非，只有对唐婉的感情一直埋藏在他心底，这个专情的大诗人！

陆游的写作经验：功夫在诗外

陆游称得上南宋第一大诗人，他的诗留存有万首之多，词也有二百多首。他自己其实对写词不以为然，在自编文集《渭南集》时，说自己后悔早年追随流俗写了不少的词。看来，这个专情的陆游还不承认写词是正经事，躲躲闪闪的。

他在晚年总结自己的创作经验时，告诉儿子，你要是真的想学写诗，功夫不在诗内，而在诗外啊。什么意思？我的理解是，写诗不只是寻章摘句，拼命追求技巧和形式，真正的好诗，往往来自真情实感，来自细致的观察和独特的体验。技巧是末，情感才是本。

我们看看陆游写的一首咏梅词。写梅的诗词很多，真正爱梅的却不一定。陆游是真的爱梅，他自己种了很多梅，一生写了300多首咏梅诗。他看着梅花，甚至说："何方可化身千亿，一树梅花一放翁。"意思是，自己也想变成一棵梅花树，与梅花树合体。

来看这首《卜算子·咏梅》，这也是选入了课本的一首词。

驿外断桥边，寂寞开无主。已是黄昏独自愁，更著风和雨。
无意苦争春，一任群芳妒。零落成泥碾作尘，只有香如故。

梅，是花中四君子之一，历来是诗人喜欢吟咏的对象。前面我们已经看过王安石的那首梅花诗了。陆游的这首咏梅词，同样饱含着孤傲坚贞之气。这枝梅花，不在名园金屋，而在荒僻的驿站，寂寞无主也就罢了，还有风雨摧残。尽管这样，它不与群芳争春，哪怕被碾作尘埃，幽香依然如故。这说的不正是执着坚贞的陆游自己吗？哪怕被当权者闲置，他一腔爱国热情从未冷却，一如当初。

好的咏物诗往往这样，让你分不清它写的是人还是物，人与物已经合体，而真正能将他们黏合在一起的，恰好是诗人真挚的情感。

好诗也来自独特的生活体验。陆游的这首《游山西村》，相信很多人都会背。

莫笑农家腊酒浑，丰年留客足鸡豚。

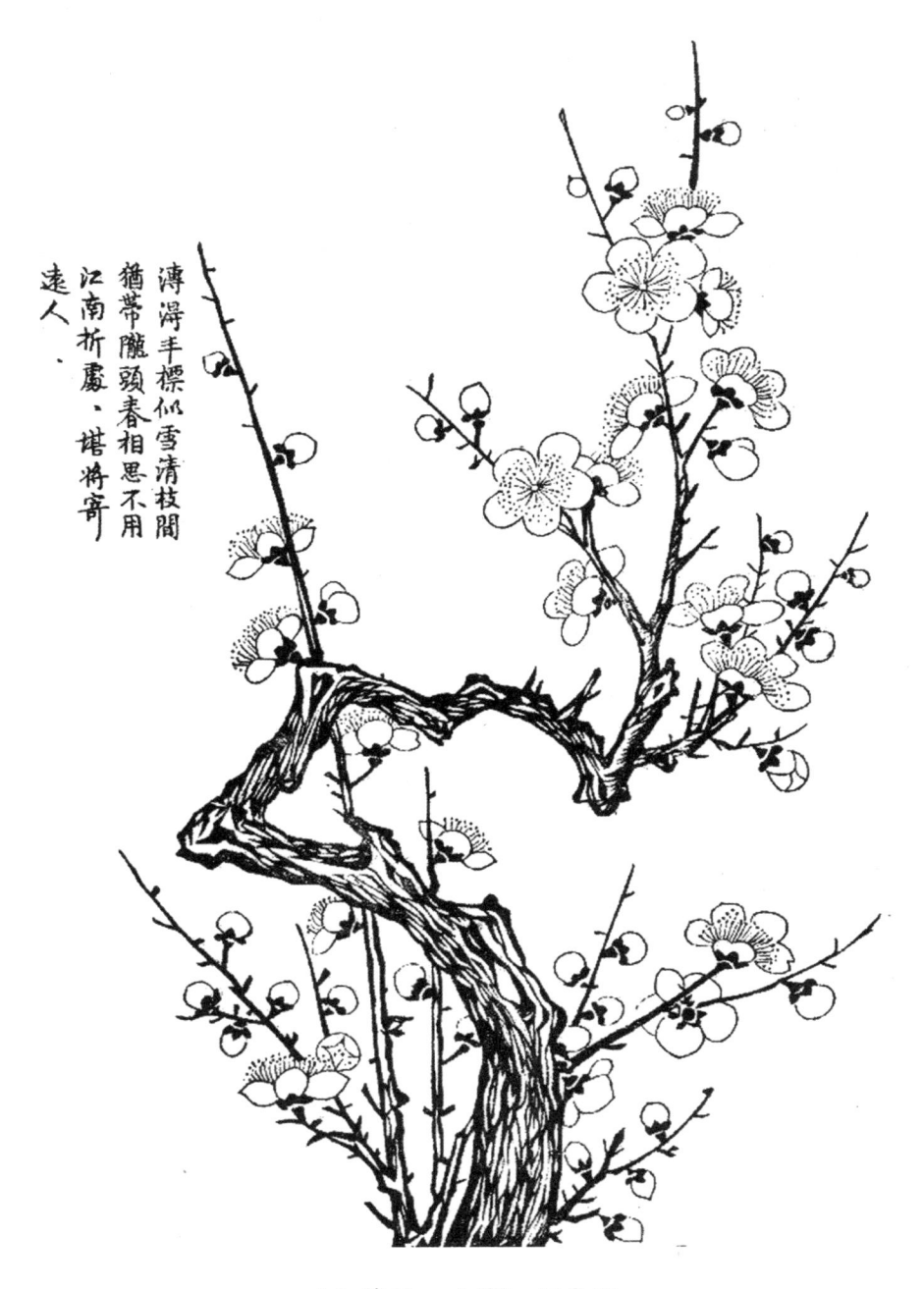

溪溷丰标似雪清枝间
犹带陇头春相思不用
江南折寄，堪将寄
远人。

《卜算子·咏梅》词意图

山重水复疑无路，柳暗花明又一村。
箫鼓追随春社近，衣冠简朴古风存。
从今若许闲乘月，拄杖无时夜叩门。

　　这首诗是陆游退居山阴时所写。诗写了在春社之时，他一个人外出，在西边的村里转悠。在这个过程中，他看见了农村的风俗画卷，他为乡民们纯朴和乐的生活深深感动。但在这个转悠的过程中，发生了一点小插曲。他走着走着，可能迷了路，前面好像已经没有路可走了，正当他迷茫之际，前面又有条路，隐隐约约地通往另一个小山村。"山重水复疑无路，柳暗花明又一村"，从无路可走的迷茫，到柳暗花明的欣喜，这个心理转变写得很逼真。这个情景，我们很多人都遇到过，但没有放在心上。而好的诗，就在这种人人眼中都有、人人笔下都无的情形下诞生。当然，这都得益于诗人对生活的独特体验。
　　陆游的写作技巧，不高深，同学们何妨认真体会一下？

范成大：
田园诗在他手中变得不一样了

范成大（1126—1193）

姓　名： 范成大

字　号： 字至能（一作致能），号石湖居士

别　称： 范参政、范资政（以官职称）、范文穆（谥号）

代表作： 《四时田园杂兴》（组诗）

荣　誉： "中兴四大家"之一

画　像： 南宋名臣、文学家

走到哪儿，写到哪儿

范成大，出生于1126年，也就是靖康之耻、北宋灭亡的前一年。他生在今天的江苏苏州，苏州是江南的富庶繁华之地。他出生时，家境也不错。父亲做着一个小官员，母亲是北宋著名书法家蔡襄的孙女，算得上是名门。

他本名范成大，字至能。古人的名和字意义往往有关联，这里不多说。他的别名有：范参政、范资政，这两个都是以官职来称的，这是古人取名的一个常用办法。又叫范文穆，这是他死后皇帝追赐给他的谥号，能得到谥号的人往往身份不一般。他的号有：此山居士，他少年时曾在昆山一个寺庙里苦读了十年书，从没有出过山，便自号"此山居士"。这十年苦读，是因母亲和父亲先后去世，尤其是父亲去世后，他从临安回到了苏州，以前优渥的生活现在也变得比较窘迫，而他还要负责照顾两个弟弟妹妹。就算在这样的情形下，他也没有消沉下去，他甘坐冷板凳，一坐就是十年，让人佩服。他还有一个号叫石湖居士，这个号来自他晚年闲居在家乡石湖，在石湖范村一住十余年，写了很多诗和文。

从他的名号中不难看出，他曾官居高位，做到了北宋副宰相的位置，称得上是政治家。而他一生中，最为时人传诵的是他作为外交使臣，出使金国，全身而退，保持了大宋的气节，因此他又称得上是外交家。他在文学方面的成就也不错，尤其是在写诗方面，称得上是文学家。他写的诗和文，很多反映了当时的地方风俗、人情，又称得上是民俗学家。

看着这么一大堆的称号，是不是让你心生佩服的同时，又觉得眼花缭乱？而最让我感到不解的是，他怎么会有这么多的精力？他的一生，真的称得上"走到哪儿，写到哪儿"。

他这一生，因为官职的调动，到过很多地方，看见过很多人和事。对于普通人来说，可能看了就看了，事后就忘了，但他是真正的有心人，他所到之处，都会细细观察沿途所见，并将这些一一记录下来。凡是他到过的地方，他都写了相关文字，留下了相关的著作。我们常常说，做生活的有心人，这样你才能有丰富的素材和体验，你看范成大不正是我们的楷模吗？

他在1154年中进士，此后在各地方任职，因为接触到底层的劳动人民，他写了反映民生疾苦的诗如《催租行》；1162年，他调到临安，在临安前前后后有十年。这十年里，他的高光时刻是1169年奉命使金，当时出使金国是奉皇帝之命让金人归还皇陵，但真正的目的是想让金人修改接受国书时的礼仪，这事关大宋的尊严，是一趟很危险的旅程。至于范成大是如何不辱使命和金人据理力争，我们不再多说了，反正当时的情形的确是九死一生。他一路渡过黄河，来到中原，还经过了北宋的故都东京旧址，遇见了金人统治区治下的宋朝人民，见到了北方人民和金人之间的同化，沿途所见种种，他都悉心记录下来。在这趟危险的旅程中，他留下一部纪实体文集《揽辔录》，还有几十首纪行诗。这些诗中，最著名是这首《州桥》：

州桥南北是天街，父老年年等驾回。
忍泪失声询使者，几时真有六军来？

州桥是北宋时横跨汴河的一座桥，天街是京城的御道，在州桥南北，这里曾是北宋最繁华的地方。在出使的途中，他遇见了金人统治下的宋朝子民，这些宋人看见宋朝的使者，心里高兴极了。他们纷纷围过来，流着泪问:"什么时候,宋朝的军队真的可以打过来,收复中原?"他们一直在等,一直在失望,而作为去金国谈判的使者,他又能怎样回答这些子民的殷切期盼呢?

后来,他又出任各地方大吏。向南,他到过广西桂林,走了三个月,这三个月的纪行,就成了《骖鸾录》;向西,他到过巴蜀,后来又从成都向东到了苏州,此行又成了一本书《吴船录》;晚年他回到石湖闲居,在十年的时间里,他也从没有闲着,他为家乡吴地写了一本地方志《吴郡志》;他喜欢太湖的石头,又写了《太湖石志》;他在范村种了很多梅花、菊花,又写了《梅谱》《菊谱》。

他一路行,一路写,从来没有闲过,让人分不清,这到底是一位公事繁忙的高官呢,还是一位生活观察者?

他的田园诗中有了泥土和汗水的味道

他在后世影响最大的还是他的诗歌《四时田园杂兴》。这组《四时田园杂兴》是他晚年闲居在石湖时所写,诗分别写了春、夏、秋、冬四个季节的景象,共六十首。这六十首诗连起来,构成了吴地农村的风俗画卷。

要知道,在范成大之前,有很多诗人写过田园诗。比如东晋的陶渊明,唐朝的王维和孟浩然,但这些诗中,大多抒发隐逸情怀,农民也被赋予隐士性格,忽略了对农村农事的真正描写。还有一些诗人如唐朝的张籍,写过一些田园诗,但他只写疾苦,没写田园风光,真正让田园诗里带有泥土和汗水味道的,就是范成大的诗了。

我们来通过几首诗,体味一下范成大的田园诗吧。

先看他的一首《春日田园杂兴》：

> 社下烧钱鼓似雷，日斜扶得醉翁回。
> 青枝满地花狼藉，知是儿孙斗草来。

这首诗写了农村的春社风俗。春社是在春天举行的祭祀活动，祭祀的目的当然是祈求来年丰收、免除灾殃之类。这是农人们很重视的一个节日，他们又是烧纸钱，又是鼓锣打敲，又是喝酒聚餐，全村的人沉浸在节日的气氛里，一直到太阳快下山了才带着醉意回到家里。大人们忙着祭祀、喝酒，孩子们也没有闲着，他们聚在一起，玩着斗百草的游戏。斗百草有文斗，就是报花名，看谁报得多；也有武斗，就是比谁的草有韧劲，拉不断。地上满是这些熊孩子们折下来的花啊草啊的。

再看看他更有名的两首《夏日田园杂兴》，这两首诗是小学生都要背的，因为它们选进了课本哦。

> 梅子金黄杏子肥，麦花雪白菜花稀。
> 日长篱落无人过，惟有蜻蜓蛱蝶飞。

> 昼出耘田夜绩麻，村庄儿女各当家。
> 童孙未解供耕织，也傍桑阴学种瓜。

第一首诗中写的农村夏天的景色真是很美，很有泥土气息。你看梅子金黄、杏子正肥，麦花雪白、菜花稀疏，色彩缤纷，欣欣向荣。夏天白昼比较长，村人院落的篱笆旁很少有人经过，只有几只蜻蜓和蝴蝶在周围翩翩飞舞。这就像是拿着一个照相机，诗人将农村夏日景致一一摄入镜头里，他什么也没有说，诗中也没有人出现，但从这一片祥和的景致里，我们已经体会到了农村生活的美好。

第二首诗更富有童心童趣啦。诗中说，村里的人白天去田里锄地耕地，晚上在家里搓麻绳，这不就是男耕女织的生活景象吗？村里的姑娘小伙们，各自忙着各自的活，都没有闲着，这是不是有了汗水的气息呢？小孩子们不会耕地，也不会织布，他们干什么呢？他们正学着大人的模样，在像模像样地学种瓜呢。孩子们的天真、乖巧从最后一句中也跳出来了。

补充一下，范成大是1154年参加科考的。这一年科考，应该是南宋科考史上最牛的一届了。

这次科考的状元是张孝祥，他是南宋著名的豪放派词人。同科的还有杨万里，后面我们将看到他的影子。还有陆游，但他这次因为触犯奸臣秦桧，没有考中。南宋"中兴四大家"中有三人都出现在这次科考之中了。此外，还有周必大，他是南宋的宰相。

"中兴四大家"指范成大、陆游、杨万里、尤袤。前三者诗名都很大，尤袤的稍小一些。范成大与陆游私交不错，他曾到巴蜀任职，陆游也正是这个时候入了他的幕府。他和杨万里也有交情，二人有一段时间在京城相聚过，相互之间还留下了诗词唱和。那么所谓的"中兴"是指什么呢？大家可以想一想哈。

《四时田园杂兴》诗意图

杨万里：

他自创了『诚斋体』

杨万里（1127—1206）

姓　名： 杨万里

字　号： 字廷秀，号诚斋

别　称： 杨文节（谥号）

代表作： 《小池》《晓出净慈寺送林子方》《宿新市徐公店》

荣　誉： "中兴四大家"之一，其诗称为"诚斋体"

画　像： 南宋名臣、诗人

他这一生，得益于很多好老师

杨万里，1127年生于江西吉水，此时北宋已亡，南宋初建。其字廷秀，号诚斋。诚斋这个号，是名臣张浚勉励他"正心诚意"，他给自己取的。他曾当过太子侍读，太子成了皇帝后，手书"诚斋"两个字赐给他，这个号就更加响亮了。

他的父亲没有做官，是一个乡村老师。杨万里一生拜了很多好老师，也得益于很多好老师，他的第一个老师肯定是他的父亲啦。他天资颖慧，很快父亲发现自己已经教不了他了，便想方设法，倾其所能，带儿子四处拜有名望的老师。

他一生的几个关键时刻，都得益于这些良师的影响。在家乡求学时，他拜乡里有名望的乡贤高守道为师。通过这个老师，他知道了平平常常的乡野，也隐藏着不寻常的人。而且，老先生对他的悉心指点和栽培，让他对知识的渴求更加强烈了，也让他知道天外有天、人外有人。

在这个老师的指点下，他又拜在另一位名师王庭珪的门下。在王庭珪的指点下，他读到了大量的"禁书"，通过这些"禁书"，他认识了真正的华采文章。他对人生意义也有了更深的了解，求学为官，不只是为了实现自己的利益，应该还有更高层面的东西，值得他去探索。王庭珪还是一个力主抗金的义士，这一点，对杨万里后来的政治立场也大有影响。

通过刘安世这位老师，他知道了，无论是做官还是做人，都不是一件容易的事。这让他在书本知识之外，也更多地去思考人生。所以当他第一次赴京考试失利后，他并没有灰心丧气，而是以更加积极乐观的心态去做自己该做的事。第一次考试失利后，他又得刘才邵老师的指点，正是这个老师告诉他，读书和考试并不是完全等同的。读书，是要懂得经典所说的。但考试，是要了解君上的想法。因为考试是为国家选拔人才，考生自然要想君王所想，急君王所急，为君父分忧解难才是。

在刘才邵的指点下，公元1154年杨万里进士及第，关于这次科考盛举，在介绍范成大时我们已经知道啦。"中兴四大家"中三人同科，两人同榜，这些士子们有的成了同僚，有的成了朋友。三人行，必有我师。朋友之间的交往，也会影响一个人的人生呢。要知道，杨万里、范成大、陆游三人，在力主抗金的立场上是一致的。如果说贯穿北宋朝廷的是"革新派"与"守旧派"之争，北宋的那批读书人一生的沉浮几乎都与党争息息相关，比如王安石、苏轼，还有苏门四学士，这些我们在前面已经了解过啦。

那么，贯穿南宋的是什么呢？是"主战派"与"主和派"之争。简单来说，北宋灭亡后，南宋小朝廷偏安临安。有的皇帝不思恢复中原，一味向大金国求和，后来是向大元求和；有些皇帝想有所作为，顺应民心，收复中原。一朝天子一朝臣，随着皇帝的更换，那些或主战或主和的臣子们的命运也随着起伏，比如范成大、陆游、辛弃疾这些人。杨万里的仕途也与此相关，但联系不如陆游、辛弃疾这些人紧密。

杨万里入仕之后，又拜了一些名师。比如胡铨，他是力主抗金的名臣，甚至当廷上书要求皇帝严惩卖国求荣的奸相秦桧，也正是因为此，他被皇帝贬谪流放。

还有一个对他影响更大的人——张浚。他在永州任职时，知道了前朝宰相张浚也在这里居住，便一心求见。张浚也是抗金名臣，他为人清廉，被秦桧陷害。回乡时，仅带了几箱子书和旧衣物。回乡后，他闭门谢客，不想过多参与朝中的是是非非。杨万里几次求见，没能如愿。最后还是在张浚的儿子引荐下，才得偿所愿。杨万里的为人和诗名，张浚早有耳闻。见过面后,他对这个年轻人印象很好,特意勉励他要"正心诚意",意思要他多读圣贤书,参悟圣贤的道理,哪怕不能为官,也对个人的修为有很大的帮助。心要正,意要诚,动机不单纯的沽名钓誉的人,是他所不耻的。他的这番教导,让杨万里铭记在心,他回去就把自己的书斋改名为"诚斋",还以此作为自己的名号。

杨万里后来官越做越大,还在京城任职。1188年宋孝宗采纳洪迈的建议,选定了配飨高宗庙的人选。杨万里觉得人选中应该有张浚,还说洪迈专权,简直是"指鹿为马"。孝宗听了很不高兴,因为杨万里说洪迈是赵高,那自己不就是秦二世吗?一气之下,他将杨万里贬官,又外放到江西去了。张浚应该高兴,他有这样的好学生,这简直是犯颜直谏呀。而杨万里也的确是个有点性气、有点脾气的耿直之人。

你知道皇帝对他的评价是什么吗?"直不中律""有点性气"!

在仕途上起起浮浮几十年,他的心性和脾气早已被磨得快失去棱角了,但在原则和大义的问题上,他始终还是一个耿直的人。回想这一生,他的那些老师,那些朋友,还有亦师亦友的人,对他的影响已经刻在他的生命中了。

跳出框架,才能成为自己

杜甫曾说:"别裁伪体亲风雅,转益多师是吾师。"转益多师,用在杨万里身上也很合适。

他的人生之路,得益于很多好老师的指点。在写诗这条路上,他也曾学过很多老师,但最后他发现,一味地模仿他人,师法他人,不如师法自然。最好的老师,不是别人,而是自己的内心,是大自然。

杨万里是政治家，但是在历史上留名，更多是因为他的诗。他跳出框架，独创了一个诗体——诚斋体。

唐诗是中国古代的诗歌巅峰，要想超越它，实在是困难。宋人写诗，自然要动些脑筋，另辟蹊径才能写得下去。这不，北宋时以黄庭坚为首的文人，创造了"江西诗派"。这个江西诗派，我们在前面已经认识过啦，不再多说。总之，你只要知道这个诗派要读很多书，肚子里要装很多货，然后再用"点铁成金"的技巧，才能写出诗来。杨万里所在的南宋，很多人仍然受江西诗派的影响，他自己也深受影响，但摹仿多了，学多了，他发现自己越来越不会写诗了，感觉才思枯竭，十分苦恼。

1162年，他决定毁掉他早年学江西诗派的诗作，转而学习陈师道和晚唐绝句，可学了一段时间后，发现还是无法进入自由境界。在长期接触自然，深入生活的实践中，他发现"万象毕来"，都成了他写诗的素材。也就是说，只要师法自然，做生活的有心人，诗材诗思随时都有！何必苦苦抱守着他人的成法，抱守着那些所谓的技巧和条条框框呢，只有跳出框架，才能成为自己呀。

他发现将目光投向自然，投向点点滴滴的生活，用心去体会捕捉，就能写出很多好诗来。自然界的一切给了他太多的诗思和灵感，当他用心去观察体会后，写出了很多新、奇、活甚至是有些幽默的诗来，慢慢地就形成了独具一格的"诚斋体"。

也真是奇怪呀，我们说范成大是一路走一路写，所到之处，都会写下诗或文来纪念。这杨万里也是如此，不说别的，单说写诗，他自入仕为官以来，随着任职之地和居地的变化，一生竟然留下了四千多首诗（还不算他焚烧的早年学江西诗派所写的诗，据说有一万多首）。这些诗编成了九个集子，什么《荆溪集》《江湖集》《南海集》《朝天集》等等，追随着这些集子，我们就能清晰地还原他一生的行迹，也能认识当地的一些风情。

从师法他人，到师法自然，是他对写诗的独特体会。事实上，他早已经这样在做了，只是还没有意识到而已。一直到晚年，无论是被贬，还是回乡闲居，他始终保持一颗好奇之心，始终对自然及生活充满热情。

说了这么多，还是让我们从他的诗中去体会"诚斋体"的奥妙吧。

这首《小池》写于他任职常州期间，这时"诚斋体"的风格还没有正式形成，但已经初露端倪。这首诗也是杨万里的名诗之一，尤其是其中这句"小荷才露尖尖角，早有蜻蜓立上头"被赋予很多意义，用在很多场合。

> 泉眼无声惜细流，树阴照水爱晴柔。
> 小荷才露尖尖角，早有蜻蜓立上头。

这首诗就像一幅画，有明亮的阳光、深绿的树阴、翠绿的小荷、鲜活的蜻蜓、清亮的泉水，色彩明亮，动静相宜。泉眼和树阴，还被诗人赋予了人格，读起来和谐自然，活泼明快。

诗的题目是《小池》，诗中好像没有一处正面写小池，但又处处都在写小池，还有"小池"的"小"，又体现在哪里？聪明的你，用心揣摩一下，就会发现其中的妙处。

这首《晓出净慈寺送林子方》，写于1187年，这时他已近晚年了。这首诗是写给他的学生兼朋友林子方的，林子方进士后，要出外任职，杨万里在杭州西湖的净慈寺为他送别，写了两首诗，其中最著名的是这首：

> 毕竟西湖六月中，风光不与四时同。
> 接天莲叶无穷碧，映日荷花别样红。

这首诗写得太好了，有人误认为是宋代的天才诗人苏轼所作。可以说，写西湖的诗，除了苏轼的那首之外，最好的就是这首啦。这首诗一开始用了"毕竟"二个字，就已经暗示出西湖的六月，景致确实不同凡响。诗中的名句是"接天莲叶无穷碧，映日荷花别样红"，这两句，不但色泽对比鲜明，还写得分外有气势，更妙的还是虚实相间，如果你能体会出这句诗当中，哪里是虚，哪里是实，你就已经是小小的鉴赏家啦。

当然，这些诗还没有充分体现出诗人的童心或趣味来，再看看这首《宿新市徐公店》（其二）：

篱落疏疏一径深，树头花落未成阴。
儿童急走追黄蝶，飞入菜花无处寻。

这首诗写于1192年，当时杨万里任职建康（今江苏南京），新市在临安（杭州）和建康之间，在某一次路过此地时，一个偶然的、小小的、不为外人所注意的情景吸引了他，他提笔写下来，就成了一首流传千古又兴味盎然的诗。

诗写了农村暮春的景象。在稀稀落落的篱笆旁，有一条小路伸向远方。路边的树上花已凋落，新叶刚刚长出还没有形成树荫。一个孩子奔跑着追捕一只黄蝴蝶，蝴蝶飞到菜花丛中再也找不到了。先不去管那个调皮的儿童捉没有捉到蝴蝶，你得仔细想想，这首诗是怎么写的？简单的四句，极有层次：从景到人、从远到近、由静至动，天衣无缝呀。这是杨万里眼中所见，见到了也就随手写下来了，但随意随性之下，隐藏着章法。

一个老者，还能有如此细致的观察，如此天真的童心，的确不是常人！这个时候的他，已经跳出束缚，越来越像自己啦！

朱熹：旷代大儒

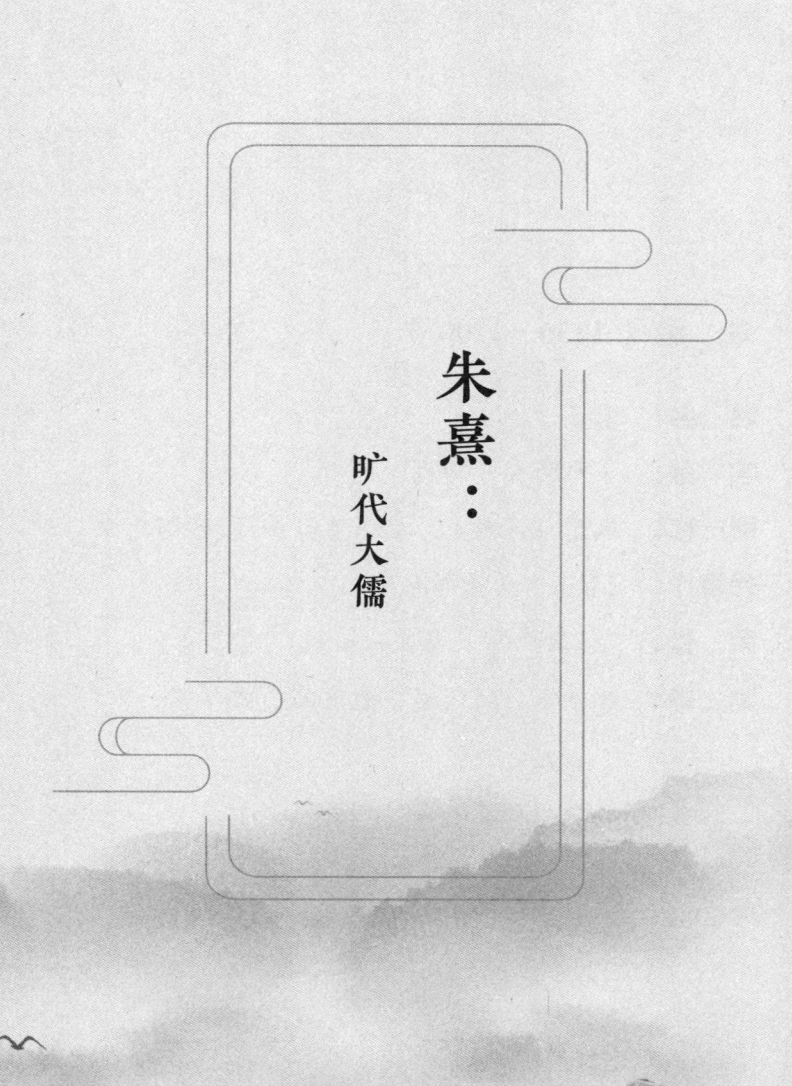

朱　熹（1130—1200）

姓　名： 朱熹

字　号： 字元晦，号晦庵

别　称： 朱子（尊称）、文公（谥号）、紫阳先生

代表作： 《春日》《观书有感》

荣　誉： "程朱理学"集大成者

画　像： 哲学家、理想家、教育家、文学家

天生的读书种子

朱熹,出生于 1130 年,字元晦。熹是光明,晦是暗昧,字和名是相反的意思。他生于福建尤溪,后世便将他所创的理学称为"闽学"。他是宋代的理学大家,他所作的《四书章句集注》成为元明清三代官方指定教科书,这三代的读书人要想在科举考试中取得好成绩,都得努力学好它才行。他发扬了孔孟儒家思想,后人把他和孔子相比,尊称他为"朱子"。

他死之前,他的学说被朝廷认定为"伪学",遭到了禁锢,以至于他的很多学生都不敢参加他的葬礼,有人甚至急于和他撇清关系。他简直是要"遗臭万年"了,后来偏偏"流芳百世"。再到后来,人们将"存天理、灭人欲""饿死是小,失节是大"以及女子缠小脚的罪全部算到他的头上,他又被人踩、被人骂了。

身后的这些事,已经与朱熹无关了。他不知道后世会怎么评价他,但他知道他一定会在后世留名。他从小就立下大志,而且称得上是天生的读书种子。

朱熹出生时,父亲朱松做着一个小官,家里的条件并不好,但他对这个孩子应该是寄托了厚望的。尤其是后来朱熹表现出来的异于常人的天赋,更让父亲坚定了好好培养这个儿子的决心。

据传,朱熹刚学会说话时,有一天父亲指着天空告诉他:"那上面是天。"

小朱熹就问父亲:"天的上面是什么呢?"父亲当时觉得很惊讶,因为这么小的孩子能问出这么深的问题,实在是让人想不到,父亲心里很高兴。

朱熹五六岁便开始上私塾，那时他已经开始读《四书》《孝经》。当他读完《孝经》后，心里很激动，在书上题字自勉："如果不这样，就不是一个真正的人。"他读到《孟子》中说"圣人和我们都是一样的"时，高兴得手舞足蹈。原来，圣人并不是高不可攀呀，只要下定决心，他也可以做一个圣人。

小时候他曾问过父亲天的上面是什么，后来他也一直在想，天地四边之外，到底有什么东西呢？人们都说天地没有边际，但天地应该有个边际才对呀。就像一堵墙，墙的后面总该有个东西才对呀。朱熹后来一直没有停止过思考，所以后来他在天文、地理方面都比同时代的人有更加深入的认识。

1143年，朱熹十三岁时父亲病逝。父亲深知朱熹是棵读书的好苗子，临终前把朱熹托付给几位学养深厚的好朋友，嘱咐他们代自己好好培育朱熹。这些人当中有朱熹的义父刘子羽，他把朱熹当作自己的亲儿子来培养，朱熹一生对他感念不已。

别的孩子觉得枯燥无比的书，他一读起来就深深沉进去了。他并不是天生聪颖或是悟性过人，而是他认为天下没有什么做不到的事情，只要肯发奋，肯执着坚持，就能达到自己的目标。他用惊人的毅力坚持求学，十九岁时便考中了进士。

好学的习惯，他坚持了一生。我们说过，他是大思想家，大儒，先不说儒学思想是多么博大精深，有的人就算皓首穷经一辈子，也无法窥见其中的奥秘，朱熹却成为大师。此外，他对史学、文学、天文、地理都有研究。他甚至还懂得医术，他的书法也写得很好，能画画，还会弹琴，简直是妥妥的学神。

读书为自己，读书有方法

我们有没有问过，自己读书到底是为什么呢？是为了考个好大学，然后光宗耀祖？

朱熹从父亲那里知道了，有一门学问是"为己之学"。这门学问是讲人应该怎样才能成为一个真正的人。一个人只有成了一个真正的人，才能修养自己的身心，才能被人尊重，才能做成好事或是大事，比如管理百姓或是治理国家。获得科举功名是无法与成为一个真正的人相比的。也就是说，人最根本的是要修炼自己的品性，达到一个尽量完善的境界。至于功名成就，和成人相比，只能算是附属的产品了。

明白了这个道理之后，无论以后遇到什么样的风浪，他总是用"为己"这个明灯照亮自己。如果每个人都能修炼好自己，每个人都从自己这里做起，这个世界是不是会变得更好呢？这是一个值得深思的问题。

怎样才能修炼自己呢？接受教育。

朱熹一生很重视教育，他积极讲学五十多年，即使是在做官时也不忘教育。他每到一地，都会治理学馆，编定教材。他希望富人、懒人、一般的人都来接受教育。他办过很多学馆，比如寒泉精舍、武夷精舍、考亭书院，甚至还重修了白鹿洞书院和岳麓书院，这两个书院是中国历史上有名的书院。正是因为朱熹的重修，才得以保存几百年。

我们常说程朱理学，朱指朱熹，程指程颐、程颢。陆王心学，陆是陆九渊、陆九龄，王指王阳明。1175年，以朱熹为代表的理学和陆九渊兄弟为代表的心学，在江西鹅湖举行了历史上著名的辩论大会，史称"鹅湖会"。在这次辩论中，主要议题是怎样成为一个圣人，其中提到了

"读书的方法"。总的来说，陆氏兄弟认为先要认识自己的本心，要立志，没必要读那么多书，而朱熹认为读书要经过长期的积累和广博的阅读，才能明白其中的道理。

朱熹爱读书，也读了很多书，在几十年的读书育人的生涯中，他总结了自己的读书方法。关于读书，他说过，读书开始时，并没有什么疑问，接着就会慢慢产生疑问，读到中途疑问会越来越多。但只要过了这个处处生疑的阶段，那些疑问就会慢慢解开，你也就达到融会贯通、没有疑问的程度了。只有这样，才能称得上"学"。

这样说起来，也许你还是不明白。那么，我们来看看他关于读书的一首诗《观书有感》：

半亩方塘一鉴开，天光云影共徘徊。
问渠那得清如许？为有源头活水来。

诗的大意是，半亩大的池塘像镜子一般明净清澈，天光云影在方塘中摇曳流动。要问它为什么如此清澈，因为上有源头，使活水不断流来。本文明在写景，实则在讲读书治学的心得体会。半亩方塘，我们可以把它理解为人的思想。一鉴开，写了思想的澄明状态，而天光云影，则是活跃在思想中的种种意识。各种思维意识纷至沓来，异常活跃，可见这是在写思想的活跃。后两句，则以活水源头作比，大意是说在学习中只有不断地吸收新的知识，才能进步不已。

"源头活水"，简直是一个放之四海而皆准的真理，岂止是读书？小而言之的生活、事业、思想、情感，大而言之的人生、家国，哪一处没有这个"源头活水"的真理融贯其中？没有活的源头，一切都会僵化，都会腐朽，都会成为一潭死水，激不起生机和活力，那样，距离腐朽又有多远的距离？

所以，学习也是终身的事业，不然这源头活水就会枯竭了呀。

朱熹还有另外一首诗，这首诗入选了《千家诗》，也是小学生必读的诗《春日》：

> 胜日寻芳泗水滨，无边光景一时新。
> 等闲识得东风面，万紫千红总是春。

这首诗有两层含义。从表层上看，本诗写的是游春踏青。无边的光景，在春日焕然一新。这个"新"字，既是春光无限万象更新的实景，也是诗人兴致甚高、精神振奋的心境。下联则紧承"无边光景"，写了寻芳所得。一夜东风，仿佛吹开了万紫千红的鲜花；而百花争艳的景象，不正是生机勃勃的春光吗？诗人由"寻"而"识"，从万紫千红这个艳丽的形象中认识了东风的真面，也感知了春天的气息。由此，春天这个抽象的概念，也变成了具体可感、可触摸的形象了。

从深层看，这首诗有着更深的内蕴。泗水在山东，孔夫子曾在泗水之滨讲学传道；而南宋时那地方早已沦陷于金国，朱熹怎能去游春呢？原来这是一首哲理诗。诗中的"泗水"暗喻孔门，"寻芳"暗喻求圣人之道，"东风"暗喻教化，"春"暗喻孔子倡导的"仁"。这些意思如果用哲学讲义式的语言写出来，难免枯燥乏味。本诗却把哲理融化在生动的形象中，不露说理的痕迹。这是朱熹的高明之处。

其实，联想一下朱熹的读书法，这首诗是不是也很适合呀！读书先是一个艰辛漫长的求索过程，你寻寻觅觅，上下探索，在经历了这一切之后，有一天忽然顿悟了其中的道理，那种喜悦之情，和诗中表达的"万紫千红总是春"的心境是不是一样呢？

《春日》诗意图

辛弃疾：

词坛飞将军

辛弃疾（1140—1207）

姓　名： 辛弃疾

字　号： 字幼安，号稼轩

代表作： 《水龙吟·登建康赏心亭》《清平乐·村居》《丑奴儿·书博山道中壁》《青玉案·元夕》《破阵子》

荣　誉： 词与苏轼并称"苏辛"，与李清照并称"济南二安"

画　像： 南宋爱国官员、豪放派词人

英雄骑马还故乡

辛弃疾，出生在山东，字幼安，号稼轩，和李清照并称"济南二安"。他是生活在北方沦陷区的第二代宋人，因父亲早逝，他是在祖父辛赞的抚养下长大的。他的同学党怀英考中了金国进士，后来还做了大官。本来可以在金国入仕的辛弃疾，自小就想收复中原，脱离金人的统治，回到真正的故国。

宋代真正能写诗文，又能带兵打仗的，辛弃疾绝对算得上一个。他能文能武，早年的经历更是充满了传奇色彩，就像武侠小说中的英雄。

他二十二岁时，带领二千义军，直奔在山东济南举事的耿京。耿京起兵抗金，在山东那块影响很大。而且，他在投奔耿京时，还劝说另一位义兵头领义端和尚带领千余人归顺耿京部下。但这个投机分子加入耿京的队伍后不久，便盗窃了辛弃疾掌管的军印潜逃。耿京大怒，要杀辛弃疾。辛弃疾说："请给我三天期限，抓不到义端，再来就死不迟。"他单骑追贼两日，取其人头，交还印信。你看，像不像传奇人物？

更奇的还在后面。当义军人心涣散之时，辛弃疾劝耿京投奔南宋。在辛弃疾到建康和南宋谈判时，叛将张安国居然将耿京杀害，并率部投降金人。辛弃疾只带领五十人，袭入五万军的金营中，生擒了张安国，并将他送往临安。这简直是武侠小说中的高人！

多年以后，他念念不忘还乡前的峥嵘岁月，他将这段传奇经历写成了《鹧鸪天》，词前说，听到有人慷慨激昂地谈什么功名，他不由得追忆起少年时的往事。

壮岁旌旗拥万夫，锦襜突骑渡江初。燕兵夜娖银胡䩮，汉箭朝飞金仆姑。

追往事，叹今吾，春风不染白髭须。却将万字平戎策，换得东家种树书。

我渴望痛快淋漓：那时候，大家骑着健壮的快马，穿着锦绣的蔽膝，何等豪放！那时候，金人的军营就在那里，他们提着弓箭在严密防守。这又何妨？我依然冲了过去，将叛贼捉了，何等勇武！

几十年过去，白了的胡须永不会再变黑，写过的抗敌策略也永不会被付诸实施，万字平戎策不如纸，只换来东家的种树书，以慰余生。

"娖"音 chuò，作整顿、准备解。"银胡"为银色的箭袋，多半用皮革制成，除装箭外，夜间还可用来探测远处的音响，方法是卧地头枕空胡静听，可以听到周围三十里人马踏地的声音。"金仆姑"是春秋时鲁国的名箭。

官海沉浮，壮志难酬

自二十三岁南归，至六十八岁去世，四十多年的时间里，辛弃疾的生活其实只有两种状态。前二十年在仕途上打拼，后二十多年在乡间闲居，当然中间还有一点小插曲。

1165 年，他献《美芹十论》，纵横捭阖，睥睨天下，想换来一个可以施展抱负的舞台。但宋廷对辛弃疾的态度是：国有难，招之；朝有谤，弃之。断断续续被用的二十多年里，他被频繁地调动了三十七次之多。一个人被调动得如此频繁，到底是辛弃疾的能力太强，还是朝廷的疑心太重？

辛弃疾

淳熙元年（1174年）辛弃疾在江东安抚使兼行宫留守叶衡幕下为官，深得叶衡的赏识，然而初夏四月叶衡就离开建康回朝廷任职。辛弃疾好不容易遇到一位知己的上司，可不久就离他而去，仕途上失去了依靠，心中不免怅然。这首著名的《水龙吟》即抒发了知音难遇、英雄失路的悲哀。

楚天千里清秋，水随天去秋无际。遥岑远目，献愁供恨，玉簪螺髻。落日楼头，断鸿声里，江南游子。把吴钩看了，栏干拍遍，无人会，登临意。

休说鲈鱼堪鲙，尽西风季鹰归未？求田问舍，怕应羞见，刘郎才气。可惜流年，忧愁风雨，树犹如此！倩何人唤起，红巾翠袖，揾英雄泪？

这首词通篇皆好。上片写景，"千里清秋"，"水随天去"，意境极为开阔雄奇。接下来写登楼头，看吴钩，拍栏杆，寄寓了江南游子的无尽情怀，带出下片的议论抒情。下片从否定张翰辞官归隐的议论开始，逐层深入，继而否定许汜的求田问舍，把假设的各种退路一一否定，然后才逼出时局动荡、年华虚度、壮志难酬的主题。歇拍更妙，不说英雄潦倒，而从红巾翠袖的绮丽想象宕开去，表达英雄美人彼此孤寂无援而又心心相通的情怀。

三十五岁的他，独自站在赏心亭的楼头，面对西沉的落日，看着飞过天空的孤雁，摩挲着蒙尘的宝剑，把栏杆拍遍，却无人会，登临意。

淳熙二年（1175年）四月，兴起以赖文政为首的湖北茶商之乱，茶商武装先在湖北、湖南交界的常德、益阳一带为盗，不久，就向湖南、江西进攻。朝廷调派宋金前线的正规军——鄂州军前往镇压，居然无济于事。先后调换三任提刑（相当于现在的公安厅厅长）、动用上万兵力围剿，也没能控制局势。最后，由宰相叶衡推荐，委派仓部郎中辛弃疾任江西提刑，"节制诸军，讨捕茶寇"。辛弃疾于六月十二日受命，七月初离开临安，赶赴江西提刑司治所赣州，专力督捕茶商武装。

辛弃疾用了不到两个月的时间，便将茶商武装残部围困在江西瑞金山中。经此一役，辛弃疾名声大振。他以为可以一展抱负，但他被朝廷调任为京西转运判官。

新任命下来之后，他心头又不免交织着失落和不满，表现出怅惘、忧愁、焦虑种种情绪，心态很复杂。他告别了赣州父老同僚，离开赣州城沿赣江北上，路过赣江边的造口，凭吊当年隆祐太后的踪迹往事。举目眺望西北方向的中原，却被重重叠叠的青山遮住了视线。他站在江边，久久望着江水滔滔流去。最后黄昏降临，暮色四合，深山中传来鹧鸪的叫声。感慨万千之时，写下了这首《菩萨蛮》，并题写在造口驿壁上。

郁孤台下清江水，中间多少行人泪！西北望长安，可怜无数山。青山遮不住，毕竟东流去。江晚正愁余，山深闻鹧鸪。

词人从赣江想到四十年前金人追隆祐太后（宋高宗的伯母）一路抢掠杀戮的情状，想象江水里还流着那时逃难人民生离死别的眼泪。又从郁孤台想到宋朝的故都开封，想到北方无数山河那时都被敌人占领，成为沦陷区了。郁孤台又名望阙，唐代刺史李勉登郁孤台望都城长安，以为郁孤台非美名，改为望阙。古时候几个朝代都在长安建都，所以常用长安代表首都。"西北望长安"实际上是望开封。

下片说江水毕竟要东流去，重叠的山是不能遮断它的去路的。这也许是作者比喻自己百折不回的报国壮志和决心。但是江上暮色苍茫的时候，又听见鹧鸪的啼声，好像说："行不得也哥哥！"使他想到恢复之业，还是困难重重，引起他无限的忧愁。

淳熙七年八月（1180年），辛弃疾在长沙任潭州知州兼湖南安抚使，在这里，他创建了飞虎军。辛弃疾建飞虎军，并非一帆风顺。朝中有人进谗言，皇帝下令停止，但辛弃疾将御令藏了起来，飞虎军营地最终在一个月之内建起来了。在这当中最传奇的莫过他在两日内置瓦二十万。飞虎军营寨将成，适逢秋雨连月，负责施工者向辛弃疾报告，造瓦不易。辛弃疾问需瓦多少？回答说二十万。辛弃疾说不用担心，不日可办。僚属不信。他随即命令厢官除官舍、神祠外，号召每户居民取沟瓦二片，结果不到两天，二十万片瓦就全部备齐。僚属为之叹服不已。从这件事中，可看出辛弃疾的大智与大勇，非一般人可比。

二十多年里，他像一颗棋子般被调来调去。失意、苦闷之余，后二十年里，他选择了带湖和瓢泉闲居，但他依然没有忘记收复中原的英雄梦。

隐居期间，辛弃疾与陈亮在带湖附近的鹅湖有过一次名闻历史的会面。

　　传说陈亮骑马而来，在过小桥时，马跳三次退三次，陈亮大怒，拔出剑来斩断马头，把马推倒后徒步前进。恰巧辛弃疾在楼上，看见此人豪气大吃一惊，连忙派人去打听，谁知此人已走到他门口。这人就是坚决抗金的爱国人士、著名的豪放派词人——陈亮。

　　辛弃疾热烈地欢迎陈亮，和他在瓢泉、鹅湖寺等处开怀痛饮，畅谈世事。二人聚了十天，陈亮告辞归去。在陈回去第二天，辛弃疾恋恋不舍，动身想将陈追回，追到鹭鸶林时，由于雪深泥滑没法前进，辛弃疾惆怅不已，只好停下来在附近的方村酒店中独饮。后来二人写《贺新郎》词相互唱和，词写得很雄阔，二人的友谊也传为一段佳话。此外，还有这首《破阵子》：

　　　　醉里挑灯看剑，梦回吹角连营。八百里分麾下炙，五十弦翻塞外声。沙场秋点兵。
　　　　马作的卢飞快，弓如霹雳弦惊。了却君王天下事，赢得生前身后名。可怜白发生！

　　夜凉如水，缺月无声。一个英武的身影徘徊于斗室之中，把一柄宝剑挥舞得寒光闪闪。恍惚间，宝剑发出的声音汇成军营里一连片悠悠不断的角声。战士们在篝火旁鼓噪喧腾，烹羊宰牛，却禁不住悲凉的瑟声吹奏得满地如霜。这是多么盛大的场面啊！在秋天的沙场上，威武的将军检阅着雄壮的士兵，他们骑着骏马呼啸而过，他们拈弓搭箭发出霹雳之声。这是多么令人向往的功业啊！统帅着千军万马，杀向塞外，收复大好河山，也博得个拜相封侯。这是个梦吗？这不会是梦吧？突然，宝剑沉重地掷在了冰冷的地上,铿锵一声。仍然是那个英武的身影,在摇曳的灯光下叹息着新添的白发,嘤嘤啜泣!

闲居:留一点天真

后二十多年,他选择了闲居。十年在带湖,余下的十多年在瓢泉。中间皆有两年左右起复,但认清现实之后他很快又选择了归去。

淳熙八年(1181年)他开始谋划在上饶带湖一带建别墅。带湖别墅三面临山,前依带湖,他在别墅内起楼望远,集山为景,凿池开田,并在各种建筑中间植以花木。整个带湖山水兼备,花竹繁茂,稻田泱泱,一派江南气象。

在隐居期间,辛弃疾写了大量的风格各异的词,有豪放依旧的,也有清新可喜的。豪放的词,是我们认识辛弃疾的标签,但清新可喜的词,他也写得好极了。可以说,这段闲居岁月,给辛弃疾提供了不同的生活体验,也让我们有幸看到了辛弃疾那些清新可喜的另一面。

在带湖,我们看到了他被宦海风尘遮蔽的天真一点点地流露出来。

带湖别墅还没有修成,他便在心中勾画着蓝图。他说"天教多事,检校长身十万松",既然无法检校十万兵,那就检校十万松。更有趣的是,堤路明明是新修的,心急的他,像是等不及了,天真地"问偃湖何日,烟水蒙蒙"?

带湖别墅修成了,他像一个天真的孩子一样,与前来嬉戏的鸥鹭订盟,愿它们"今日既盟之后,来往莫相猜",还要它们领白鹤好友一同前来。

有一次,他喝醉了,醉倒在一棵松树边。他问松树:"我醉了吗?醉到什么程度?"松树笑而不语,伸出手来要扶他,他用手推开松树,说:"去!我没醉呢。"

这首《西江月·夜行黄沙道中》,也是闲居时所写。整首词将农家的生机勃勃写得动人极了。而且,在写这些词时,他没有用典,纯用白描,让人读后,身临其境。

明月别枝惊鹊,清风半夜鸣蝉。稻花香里说丰年,听取蛙声一片。

七八个星天外,两三点雨山前。旧时茅店社林边,路转溪桥忽见。

从词题中可知,他在夜晚去黄沙岭的路上,见到了明月、惊鹊和七八个星,听到了蝉鸣和蛙声,闻到了稻花香,还遇上了两三点雨,然后他躲进了社林边的茅店里。对一个夜行人来说,还有什么比一个简陋朴素的茅店给人归宿感呢?

夜里的触觉格外灵敏,你看在这首词里,他充分调动了听觉、嗅觉、视觉。行走在这样的乡村夜晚里,真是一种享受呢。

最妙的是这首《清平乐·村居》,这首词中散发出一团"和"气,一派天真,让人爱极了。这样的词,果真是那个像侠客一样的将军写出来的吗?

茅檐低小,溪上青青草。醉里吴音相媚好,白发谁家翁媪?

大儿锄豆溪东,中儿正织鸡笼。最喜小儿无赖,溪头卧剥莲蓬。

小溪边上草儿青青,溪头低矮的茅屋里,传来一阵阵柔软悦耳的吴语带着醉意交谈的声音，原来这是一对白发苍苍的农民老夫妻。

他们的大儿子在溪东边锄豆地，二儿子正在编织鸡笼，他们最喜欢的小儿子可真淘气，正躺在小溪边上剥莲蓬吃呢。

这个家庭中的每个人都自然和谐，满足而快乐。

《清平乐》词意图

翁卷与叶绍翁：江湖布衣诗人

翁卷（生卒年不详）

姓　名： 翁卷

字　号： 字续古，又字灵舒

代表作： 《乡村四月》

荣　誉： 与赵师秀、徐照、徐玑并称"永嘉四灵"

叶绍翁（1194—1269）

姓　名： 叶绍翁

字　号： 字嗣宗，号靖逸

代表作： 《游园不值》《夜书所见》

翁卷：南宋时期的乡村四月是个什么样子？

翁卷，南宋中期诗人。生卒年不详，浙江永嘉人。他和徐照、徐玑、赵师秀三人并称为"永嘉四灵"，"四灵"是指他们四个人的字中都带有一个"灵"字。

号称"永嘉四灵"，可能有一部分自我组团和炒作的意思，他们四个人和永嘉名人叶适联系紧密，他们的成名，离不开叶适不遗余力的揄扬。北宋时期江西诗派盛行，但要求写诗的人有很高的学识，又注重技巧，一般人可模仿不了。南宋初期，有陆游、杨万里等四人，号称"中兴四大家"，他们尝试着摆脱江西诗派的影响，创造自己的风格。因为他们的才气高，影响也大，基本上都走出了属于自己的路子。到了南宋中后期，看到日渐衰败的国家，一些诗人结合自己的经历和处境，也想摆脱前人的影响，写出适合当时人口味的诗。

南宋中后期的这些诗人们，没有盛唐诗人那样高昂的报国理想和热情，宋朝也一直在金人的虎视眈眈下苟且偏安。有一群够不上士大夫品级的幕僚，他们大多飘泊在江湖上，有的是庶民，有的是商人、贩夫、走卒，有的甚至终身布衣，他们相互之间喜欢写诗唱和，而写的诗也大多数和他们的生活与个人感受相关，气势不宏大，语言比较清新，有的甚至流于纤巧琐细，但这些诗比较适合一般人的真实状况，因而在当时也是很流行的。

翁卷以及下面要提到的叶绍翁，都是这类江湖诗人。他们的诗，平中见奇，带有一定的生活气息，所以，入选到小学课本中的也比较多。比如翁卷的这首《乡村四月》，如果你不知道宋时乡村的四月是什么样子的，就让这首诗带你一游吧。

绿遍山原白满川，子规声里雨如烟。
乡村四月闲人少，才了蚕桑又插田。

这首诗写了江南农村初夏时节的风光和农耕特色。

从这首诗中，我们可见江南乡村的四月，是有颜色的。

江南的四月，是绿色的。山是绿的，原野是绿的，禾苗是绿的，世界是绿的。

江南的四月，是白色的。纵横的沟渠，蓄满了雨水。片片稻田，也蓄满了水。远远望去，白茫茫一片。

江南乡村的四月，是有声音的。

比如子规，在如烟的雨中，声声啼鸣，提醒着农人：插秧插禾！（有人说子规的叫声就是"插秧插禾"的谐音。）

所以，紧承着子规催种这一句，诗人写道：乡村四月闲人少，才了蚕桑又插田。

蚕桑与插田，一为织，一为耕，一为衣，一为食。衣食是农耕文化的两大根本，一句话写尽了农耕文化的核心。

翁卷长期流落在临安城里，这首《乡村四月》也许是他无意中的一瞥，却记下了南宋时期乡村四月的民风民情，读起来很清新，也很活泼。

叶绍翁：一只蟋蟀和一枝红杏，让他在历史上留名

叶绍翁，生卒年有争议，有人说生于1194年，卒于1296年，他一

《乡村四月》诗意图

生经历了四朝皇帝。字嗣宗,号靖逸,浙江龙泉人。有人说他曾在朝中做过一段时间的官,也有人说他终身布衣,长期隐居在钱塘西湖之滨,和一帮江湖诗人们相互酬唱。

　　有人说"四灵诗派"也是江湖诗人,所以叶绍翁的诗风和四灵诗人的大致相似。江湖诗人严格来说,并不是一个诗歌流派,当时书商陈起刊刻了《江湖集》,他把这群诗风类似,没有严密的组织,但相互之间有些联系和唱和的人组成一个团，这样便于书的销售。

江湖是什么意思呢？一是从这些诗人的身份来说，他们大多为平民布衣，也就是"体制"外的人。二是与"庙堂""朝廷"相对而言，比较僻远的地方，也就是"民间"。

这些游走在江湖上、体制外的诗人们，心思比较敏感，经历也比较丰富。寻常生活中的一件小事，会触动他们的情思，信手写来，一不小心就成了一首好诗。叶绍翁在历史上留名，亏了一只蟋蟀和一枝红杏。

来看《夜书所见》中的这只蟋蟀：

> 萧萧梧叶送寒声，江上秋风动客情。
> 知有儿童挑促织，夜深篱落一灯明。

诗的意思不难理解，大意是说：萧瑟的秋风吹动梧叶，送来阵阵寒意，飘泊在外的游子不禁动了思乡情。秋风落叶，还有一个飘泊的游子（客，古诗中一般指游子），显得比较冷寂。忽然看见远处的篱笆下有灯火，料想这是孩子们在捉蟋蟀吧。灯火的暖与前面的"冷寂"形成对比。这是秋天的一个夜晚，诗人行走在江上，远处的景物看不大清楚，他根据一点灯光，猜想那个孩子们在捉蟋蟀呢。孩子们的无忧和远处的灯光，暂时安慰了游子的心。

促织，就是蟋蟀，又叫蛐蛐，它善鸣好斗，古时有斗蟋蟀的游戏，民间有孩子们在玩，就连皇宫贵族们也喜欢玩。它的叫声比较急促，好像是催促人们要抓紧时间织衣服了。蟋蟀是秋天的象征，它的到来意味着天气要渐渐变冷，要准备御寒的衣服啦。

古时飘泊在外的游子，最怕听到这个声音，它会提醒游子们，时光飞逝，会激起他们思乡归家的感情。从《诗经》时开始，写蟋蟀的诗很多，不知不觉间，蟋蟀简直成了乡愁的代名词。现代诗人流沙河写的《就是那一只蟋蟀》，是一首很有名、很有感情的诗，诗中有这样的段落：

就是那一只蟋蟀
在《豳风·七月》里唱过
在《唐风·蟋蟀》里唱过
在《古诗十九首》里唱过
在花木兰的织机旁唱过
在姜夔的词里唱过
劳人听过
思妇听过

就是那一只蟋蟀
在深山的驿道边唱过
在长城的烽台上唱过
在旅馆的天井中唱过
在战场的野草间唱过
孤客听过
伤兵听过

有兴趣的同学，可以把诗中提到的写蟋蟀的诗都翻一下，体会一下诗中的感情，便会发现，古诗中有些对象，是被赋予了特定的感情的呢。

"春色满园关不住，一枝红杏出墙来"，这句诗太出名了，而且被用在了各种场合。这个名句出自叶绍翁的另一首诗《游园不值》：

应怜屐齿印苍苔，小扣柴扉久不开。
春色满园关不住，一枝红杏出墙来。

诗的意思是：也许园主担心我的木屐踩坏了他爱惜的青苔，我轻轻地敲门，很久没有人来开。可这满园的春色是关不住的，你看，墙头有一枝红杏已经悄悄探出了头来。

这首诗取景很小，但含意很深。比如，在"出墙来"前加上了"关不住"，写出了春光活跃。"一枝红杏"与"满园春色"，又写出了春光洋溢。从"一枝红杏"可以想见"满园春色"是如何的繁盛，这又会带动读者丰富的联想。

还有，当你读到这首诗的"小扣柴扉久不开"时，会不会想，院里的人为什么不开？他是一个隐士，不喜欢清静被破坏？还是一个陌生人，不喜欢被别人打扰？好的诗就是这样，它让你读完之后，会产生很多联想，会体会诗外的韵味。

"一枝红杏出墙来"，经过演变，后来又被赋予了其他的含义，大家可以好好梳理一下哦。

文天祥：留取丹心照汗青

文天祥（1236—1283）

姓　名： 文天祥
字　号： 字宋瑞，又字履善，号文山
别　称： 文忠烈（谥号）
荣　誉： 与陆秀夫、张世杰并称为"宋末三杰"
代表作： 《过零丁洋》《正气歌》
画　像： 留取丹心照汗青

立 志

  文天祥，1236年生于江西吉安。他是政治家、文学家，但他最为后人称道的是他的抗元气节和对大宋的忠心。

  二十一岁时，他赴临安科考，被宋理宗钦点为第一名，宋理宗看了他写的策论后赞不绝口地说："此天祥，乃宋之瑞也。"自这个时候起，他就改名为天祥了，又名瑞。他号文山，在十几年的为官生涯中，因为屡屡触犯奸相贾似道，仕途很坎坷，他有些心灰意冷，几度在家乡闲居。闲居期间，他修了文山山庄，他的号即得名于此。他又曾被南宋封为信国公，所以后人又称他文信国。

  他闲居在家乡，甚至在三十七岁时自行请退，实在是因为朝中被贾似道专权，弄得乌烟瘴气。皇帝又忠奸不分，面对蒙古军咄咄逼人的气势，不思反抗，一味求和，弄得国不像国了。这个贾似道，人称"蛐蛐宰相"，他十分擅长斗蟋蟀，还写了《促织经》，在朝中专权十余年。他不顾国家财政困难，在西湖边建豪华的"半闲堂"，整日和他的宠妾宫女们寻欢作乐，时人讽刺说："朝中无宰相，湖上有平章。"要讨好这样的人，文天祥实在做不到，逼不得已，才闲居在家乡，但他心中的报国之志并没有因此磨灭。

  南宋自从立国以来，很多有志气的人一直想收复中原，文天祥自小在心中也立下了报国的大志。随着年岁增长，阅历增加，思想也变得越来越坚定了。公元1253年，十八岁的文天祥在庐陵县校读书，有一天他到吉州学宫，看本朝几位乡贤的遗像，不禁肃然起敬。这几位乡贤有欧阳文忠公（欧阳修），欧阳修是北宋的名臣，他以文章名冠天下，为人也有风节。有杨忠襄公（杨邦义），杨邦义在南京被金人俘虏，元人要给他大官做，逼他投降，他以头撞柱，血流满面，结果壮烈牺牲。有胡忠简公（胡铨），胡铨在宋高宗杀害岳飞并向金人求和时，上奏章表示与奸相秦桧不共戴天，还要求处死秦桧。他说出了很多人的心声，造成了很大的影响，高宗和秦桧一怒之下将他流放到很远的地方，直到二十多年后才被召回。

这次参观之后，文天祥立誓要以他们为榜样，干一番事业。这三个人的谥号中都带有一个"忠"字，这个"忠"后来也成了文天祥的人生信条。他们就像明灯一样，指引着年轻的文天祥。此后他又到了白鹭洲书院，受到名贤欧阳守道的器重和悉心指点，他想做一番事业的决心更加坚定了。他一心苦读，只等着时机的到来。

守 志

公元1256年，二十多岁的文天祥一举夺魁，和他同榜的进士还有陆秀夫。这个陆秀夫就是背着南宋最后一个小皇帝在崖山跳海的义士，他和文天祥、张世杰一起并称为"南宋三杰"。

公元1274年忽必烈大举进攻南宋，南宋江山十分危急，当时的小皇帝只有四岁，皇太后号召各地起兵勤王。很多人都知道，这个时候起兵就是拿鸡蛋碰石头，自寻死路，他们都选择了逃避。这个时候，文天祥却站了出来，他散尽家财，起兵勤王，被朝廷委以重任，从此开始了他的戎马生涯。

公元1276年，元军攻下了临安，俘掳了南宋的小皇帝、太后及大臣等，随后押解他们去北方，文天祥也在其中。在经过镇江时，文天祥趁元军等船北上的空隙，和几个友人冒着九死一生的危险逃到了真州，那时真州还在南宋军队的控制中。到了真州，他非常兴奋，写了一组《真州杂赋》，其中一首是：

> 四十羲娥落虎狼，今朝骑马入真阳。
> 山川莫道非吾土，一见衣冠是故乡。

诗中说他在虎狼窝中待了四十天，如今有幸来到了真州。真州虽然不是我的故乡，但一见到南朝的衣冠，我感觉这就是我的故乡。他拼死逃回真州，就是因为那里才是故乡故国，从这里可以看到，他心中的志向一直没有改变。

逃出去后，他和张世杰、陆秀夫几位志同道合的义士一起，继续抗元。公元1278年，陆秀夫、张世杰等拥立八岁的赵昺为皇帝，改元祥兴，并把小朝廷迁到大海中的崖山（位于今广东新会南四十公里）。元朝任张弘范为元帅，向他们这些南宋的残存势力发起进攻。在一次交战中，文天祥所率军队被偷袭，因寡不敌众，再次被俘。这次被俘，他不想苟活，吞服龙脑自杀，却未能死。

在被押解北行的途中，经过江西大庾岭，这个地方的梅花非常著名，而天上又下着大雨，想着此去前途未卜壮志难酬，他的心情很悲凉，便写下了这首《南安军》：

> 梅花南北路，风雨湿征衣。出岭同谁出？归乡不如归。
> 山河千古在，城郭一时非。饿死真吾志，梦中行采薇。

诗中说，大庾岭的梅花开满了路途，风雨打湿了他和被俘将士们的征衣。作为囚徒，出了岭就离故乡越来越远了，经过故乡还不如不归。城郭已沦入敌军之手，但大宋的河山一直都会在的。我真想像不食周粟、隐居在首阳山的伯夷、叔齐一样，采薇而食，哪怕饿死也可以保持气节。

从这首诗中可以看出，他虽然心境悲凉，但强烈的自尊和志气一点也没有减弱。

张弘范想攻打崖山，消灭南宋最后的一点残存力量。他想出毒计，让文天祥劝降张世杰等人。文天祥说："我自己救父母不成，反而叫别人背叛父母，这可以吗？"他们将文天祥随船押往，在经过珠江口的零丁洋时，文天祥写下了名作《过零丁洋》，在诗中表达了自己坚定的意志和必死的决心。

> 辛苦遭逢起一经，干戈寥落四周星。
> 山河破碎风飘絮，身世浮沉雨打萍。
> 惶恐滩头说惶恐，零丁洋里叹零丁。
> 人生自古谁无死，留取丹心照汗青。

诗中说，我在国家艰辛危难的时候，以文章被皇帝赏识而考中了进士（汉朝时，韦贤和他的儿子由于熟读经书而被选拔为官，当到宰相，当时人们说："遗子黄金，不如一经。"起一经，表示考中进士做官），起兵抗元已有四年了。故国就像风雨中的柳絮，我就像暴雨中的浮萍，四处漂泊不得安宁。往日领兵在惶恐滩头，我诚惶诚恐。这次被俘过零丁洋，更感觉孤苦零丁。人生自古谁无死呢？我要让我的忠诚之心，永远照耀在史册之上。

1279年，元军攻下崖山，陆秀夫背着小皇帝跳海而亡，张世杰以求死之心，淹死在海上的小船上。至此，南宋抗元的力量全部消灭了。

殉 志

张弘范劝文天祥投降,并说宋朝已亡,你现在尽忠而死,根本没有人记得你的事迹,文天祥说,国亡我不能救,死也赎不了我的罪,绝不投降。文天祥誓不降元,元世祖命张弘范将他押往燕京。

在燕京,元世祖先后派人劝降文天祥,他们知道文天祥是难得的人才,以高官厚禄利诱他,甚至还派了被俘的南宋皇帝赵显前来劝降,面对故国君王,文天祥泪流满面,只连声说:"请圣驾返回。"在他心里,哪怕南宋已亡,他也只认南宋的君为君王。

种种手段都不奏效后,元军只得将他囚禁在大牢里,在阴暗潮湿、暗无天日的大牢里,他始终气节不亏。在大义面前,他无比坚强。但当他得知自己的妻子、女儿被俘,并在元人宫中当奴仆时,心里的疼痛无以言表。他在牢中,还写下了另一首著名的诗《正气歌》,我们看看前几句:

> 天地有正气,杂然赋流形。下则为河岳,上则为日星。于人曰浩然,沛乎塞苍冥。皇路当清夷,含和吐明庭。时穷节乃见,一一垂丹青。

"时穷节乃见,一一垂丹青",这是流传千古的句子。生死关头、存亡之际、山穷水尽的时刻,最能考验一个人的真性情、真品格。在这个关口作出正确选择的高尚之人,历史会永远记住他的。文天祥不正是这些人当中的一个吗?

在牢中关了三年，元朝廷终究无可奈何。而文天祥的存在，对南宋的一些志士仁人来说，简直就是一面精神旗帜。旗帜不倒，人心不灭，元朝统治者害怕了。他们决心处死文天祥。在作出最后决定之前，元世祖亲自召见文天祥，许他以丞相之职，文天祥的回答是："愿一死报国。"

公元1282年十二月初九，文天祥被押赴刑场。临刑前他问旁边的兵士，哪边是南方，他向南方拜别后，从容就义。后来有人在清点他的衣服时，在他的衣带上，发现了他的绝笔自赞，即有名的《衣带赞》，其中有几句是这样的：

孔曰成仁，孟曰取义，惟其义尽，所以仁至。读圣贤书，所学何事，而今而后，庶几无愧。

杀身成仁，仁至义尽。从今以后，他已没有什么可以后悔的了。

他用生命殉了他的志向，他的国家。这样的人，历史真的不会忘记。明太祖为他建了文丞相祠，专供后人祭奠，明成祖还将他列入国家祀典。他的那句"人生自古谁无死，留取丹心照汗青"，又激励了多少仁人志士前赴后继，为理想信念而战、而死。